亲爱的宝贝儿，
你在哪儿？

郁　越◎著

吉林大学 出版社

图书在版编目（CIP）数据

亲爱的宝贝儿，你在哪儿？ / 郁越著.—长春：
吉林大学出版社, 2018.4
ISBN 978-7-5692-2276-0

Ⅰ.①亲… Ⅱ.①郁… Ⅲ.①长篇小说—中国—当代
Ⅳ.①I247.5

中国版本图书馆CIP数据核字(2018)第112644号

书　　名：亲爱的宝贝儿，你在哪儿?
　　　　　QIN'AI DE BAOBEIR, NI ZAI NAR?

作　　者：郁　越　著
策划编辑：王寒冰
责任编辑：邵宇彤
责任校对：王寒冰
装帧设计：林　雪
出版发行：吉林大学出版社
社　　址：长春市人民大街4059号
邮政编码：130021
发行电话：0431-89580028/29/21
网　　址：http://www.jlup.com.cn
电子邮箱：jdcbs@jlu.edu.cn
印　　刷：吉广控股有限公司
开　　本：787mm×1092mm　　1/16
印　　张：14.25
字　　数：150千字
版　　次：2018年4月　第1版
印　　次：2018年4月　第1次
书　　号：ISBN 978-7-5692-2276-0
定　　价：55.00元

目　录

人物介绍：

张丹丹（冯花花）：被拐卖的女孩（六岁）

张　　振：被拐卖女孩的亲生父亲

李小娟：被拐卖女孩的亲生母亲

冯老四：花花的养父

张绣花：花花的养母

冯壮壮：冯老四和张绣花的亲生儿子

凌　　峰：负责此案的派出所警察

吴婧灵：张丹丹的幼儿园班主任

王亮、王彩云：夫妻，经营村里超市。冯老四家的邻居。其儿
　　　　　　　子王大锤喜欢花花

第一部分

镜头	🎬 1	时间	夜17左右	场景	集贸市场熟食摊位	人物	小娟、张振、客人等

△特写：张振和小娟忙碌的身影

△小娟和丈夫张振在自己家熟食摊位上向顾客卖着熟食，夫妻俩有点应接不暇。

张　振（边忙边对妻子说道）：娟，你快去接孩子，这里有我盯着，去晚了，又该挨老师说了。

小　娟：嗯嗯，我这就去啊。大娘找你的十八元五。

△小娟将手中的熟食包装好交给买熟食的老年妇人，赶忙洗了洗手，急匆匆地走出摊位，一边走一边和熟悉的摊位邻居打招呼，一边整理好衣服。

镜头	🎬 2	时间	夜18左右	场景	幼儿园	人物	小娟、丹丹、吴老师等

△丹丹坐在教室里的小椅子上低头摆弄着手指，幼儿园吴老师在用拖布打扫着教室的卫生，丹丹的母亲小娟急匆匆地跑进

教室，丹丹听见了脚步声，抬头看见了妈妈进来，向妈妈扑过去。

丹丹：妈妈、妈妈……

△**特写**：小娟满头大汗，气喘吁吁的神情。

小　娟（一脸歉意地对吴老师说）：老师，老师……真不好意思，又来晚了。

吴老师（放下手中活）：丹丹妈，你们这样照顾孩子可不行，长期下去，对孩子的成长可没有好处。

小　娟：是，真对不起啊，这个时候是卖货最忙的时候，有时候脱不开身，总是给您添麻烦。

吴老师：你们两口子也不能光顾赚钱了，孩子一个人在学校等你们，长期下去会给孩子的心理造成阴影的，实在不行呀，你们就雇个保姆，能帮你们分担不少。

小　娟：唉，看我们两口子忙忙乎乎的，一个小生意也赚不了多少钱的，哪能雇得起保姆，吴老师，我们走了。

△吴老师见小娟不采纳自己的建议，也没有回应小娟的话，低头拖地。

小　娟：丹丹，和老师拜拜。

丹丹对着吴老师：老师拜拜。

△小娟领着丹丹走出了幼儿园，用自行车驮着丹丹向集贸市场
　骑去。

镜头	3	时间	夜19左右	场景	市区路上	人物	小娟、丹丹、行人等

△丹丹坐在自行车的后座上，一边用小手拍打着妈妈的后背玩
　耍着，一边向两旁的街道看着。

丹　丹：妈妈，我和老师再见，老师为啥不跟我
　　　　说再见？

△**特写：**小娟听到了女儿的话，表情瞬间僵硬，眼圈变红。

小　娟：老师怎么会不理丹丹，是老师在忙，没
　　　　听见丹丹的话，老师是最喜欢丹丹的。

丹　丹：老师才不喜欢丹丹呐，总是当着小朋友
　　　　说我每天走得最晚，妈妈以后能不能早
　　　　点来接丹丹？

△听了女儿的话，骑车的小娟眼睛里流出了泪水，低着头使劲
　地蹬车，好像要把心中对女儿的愧疚释放出来。

镜头	4	时间	夜20左右	场景	集贸市场张振家的摊位	人物	小娟、丹丹、张振、客人等

△摊位上还有四五位客户在买熟食，小娟领着丹丹回到摊位上，让丹丹坐在凳子上，换上了衣服。

    张　振：老师今天没说什么吧？

△小娟默默整理衣服并不回答。

    张　振：老师是不是又发火了？

△张振见妻子不说话，从行为中预知到了老师又说了很多话，等顾客没有了的时候，开始安慰妻子。

    张　振：娟你也别生气，老师说几句就让她说
             呗，咱也不少块肉，就当没听见。

△妻子小娟实在是控制不住自己的情绪，坐在凳子上呜呜地哭了起来。
△丹丹看到妈妈哭了起来，趴到妈妈的怀里，用小手擦拭着小娟的眼泪。

5

丹　丹：妈妈别哭，以后丹丹听话，不会惹老师
　　　　生气的，努力做一个老师喜欢的孩子。

△小娟紧紧地把丹丹抱在自己的怀里。
△张振将手中的抹布狠狠地扔在摊位上。

张　振：不行，明天我去找老师好好说说，咱又
　　　　不是不交托儿费，凭啥三番两次地说
　　　　咱，我就不信就没有讲理的地方了。

小　娟：丹丹总是走得最晚，老师说的也没错，
　　　　每次老师都在等咱们，天天如此，谁都
　　　　会生气的，实在不行咱们请个保姆吧，
　　　　虽然花销大点，这样也有人照顾丹丹。

张　振：那好吧，明天正好是周末，你带丹丹去
　　　　逛逛街，领丹丹好好玩玩，顺便到劳务
　　　　市场雇个保姆。

小　娟：嗯嗯。

张　振：这回好了，老师以后就会喜欢丹丹了。

丹　丹：爸爸，吴老师真的会喜欢丹丹吗？

张　振：以后呀，就有人早早地去接丹丹，和小
　　　　朋友一块放学。

丹　丹：太好了，太好了！

△夜色渐渐深了，张振和小娟收拾完摊位上的货物，张振用倒骑驴带着小娟和丹丹回家。

镜头	5	时间	日	场景	张振家	人物	小娟、丹丹、张振

△张振在洗漱，妻子小娟走到卧室里，打算叫醒丹丹。

小　娟：丹丹，快起床了。

△睡梦中的丹丹，眯着眼，很不情愿地用被子捂住头。

丹　丹：妈妈，我再睡一会呗。

小　娟：宝贝，快起来吧，妈妈一会带你去逛
　　　　街，给你买新衣服。

△丹丹一下子没了睡意，使劲用手揉了揉眼睛，一下子从床上
　蹦起来。

丹　丹：太棒了！今天妈妈陪我逛街买新衣服了。

△张振洗漱完了之后，又赶紧往"倒骑驴"上搬卖的食品，搬
　完之后从桌子上抓起一块馒头叼在嘴上，推着车子向外走，
　向屋里的小娟大喊了一声。

张　振：小娟，我去店里了。

小　娟：你吃完再走呀。

张　振：没事，我拿了一个干粮，别忘了找个好
　　　　点的保姆。

△小娟透过窗户看着张振推着车子走出了院子，也赶紧给孩子
　洗脸穿衣服。

镜头	🎬 6	时间	日	场景	服装商场	人物	小娟、丹丹、店员等

△小娟带着丹丹来到百货商场的一个儿童服装店，俩人正打算
　在门口看一看，售货员马上热情地迎了上来。

售货员：给孩子买套衣服？你看这个粉色的童装
　　　　多漂亮！孩子穿一定很合适。

△小娟拿起衣服，在丹丹的身上试看。

售货员：这套衣服穿在她身上真的很漂亮。

丹　丹：妈妈我喜欢这件新衣服。

小　娟：好，宝贝，就买这件了，多少钱？

售货员：这套180元，孩子这么喜欢，而且现在店
　　　　里搞活动，100就行。

小　娟：100块，太贵了，大人一套也就这个价，小孩衣服能用多少布料。

售货员：大姐，这可是进口的布料，真不能再便宜了。

小　娟：那算了，丹丹走，妈妈带你去别家看看。

丹　丹：妈妈，我就喜欢这件新衣服。

小　娟：丹丹，别人家还有比这件新衣服更好看的，听话。

△售货员见小娟要离开，只好做出了让步。

售货员：这孩子挺漂亮的，行了大姐，你给个价，合适我就卖给你了。

小　娟：50，行我就买了。

售货员：大姐，你再加五元，50我都赔钱。

小　娟：丹丹，走，妈妈带你再去看看有没有更漂亮的衣服。

售货员：大姐，你可真会砍价，我也喜欢这个孩子，50就50吧。

△小娟给丹丹买了新衣服，丹丹非要穿，小娟只好给丹丹换上新衣服，丹丹高兴地跟着妈妈离开了服装摊位。

镜头	7	时间	日	场景	街道正街	人物	小娟、丹丹、行人等

△小娟推着自行车驮着丹丹走在人行道上，路过公园的时候，丹丹看到了公园内的儿童娱乐设施。

△**特写**：丹丹渴望的眼神。

丹　丹：妈妈，我想去公园玩。

小　娟：丹丹听话，妈妈还有很多事要做，今天咱就不去了，改天爸爸妈妈一起陪丹丹去公园。

丹　丹：妈妈，丹丹从来没去公园玩过，我就要去。

△丹丹说着撅起小嘴耍脾气。

小　娟：丹丹听话，爸爸在等咱们呢，你不想让爸爸看见穿上新衣服漂亮的丹丹？

丹　丹：丹丹给爸爸看新衣服了，丹丹给爸爸看新衣服了……

△小娟看丹丹不再吵闹去公园了，骑上了车子向劳务市场方向骑去。

镜头	🎬 8	时间	日	场景	劳务市场	人物	小娟、丹丹、妇女等

△在一个马路边，一些等待客户的劳工人员在等待客户，一名四十多岁的妇女站在揽工的人群里。小娟来到劳务市场，有些劳工主动打招呼询问是否有活，小娟始终又摆手，又摇头，来到了一名妇女面前。

△**特写**：妇女不怀好意的微笑，眼神乱转，眉毛上挑。

小　娟：这位大姐，你哪里人呀？

妇　女：我就是市郊的，您看你有啥活？做体力活也没问题，一点都不比男人差。

小　娟：你带过孩子吗？

妇　女：孩子咋没带过？我有两个儿子的，他们都是我带大的。你是不是要雇保姆？

小　娟：嗯，我想雇个保姆。

△那名妇女朝四周看了看，紧紧拉着小娟的胳膊。

妇　女：大妹子，咱找个没人的地方唠唠，这地方人多嘴杂。

11

△小娟和那名妇女来到一个空地。

妇　女：妹子，你看你雇保姆给多少钱？我会做饭，又能干家务，是长期的还是短期的？

小　娟：我雇保姆主要是照顾孩子，早上把孩子送到幼儿园，晚上接孩子，给做顿晚饭。

妇　女：你这一早一晚的，时间挺长的，还要做饭，收拾卫生，钱少了可划不来。

小　娟：卫生倒不需要你收拾，早晚送接孩子，陪孩子等我们回来，做顿晚饭，白天你可做自己的事儿，您看看就这些活，需要多少钱？

妇　女：我看您也实在，那就每月二百元吧。

小　娟：二百元？太高了，现在哪有那个价？我的朋友家雇个侍奉老人的保姆才一百八十元，你这价格要得太离谱了，算了我还是找别人吧。

妇　女：别呀，你看，你给多少？

小　娟：就一百二十元。

妇　女：您看，我们也不容易，你就给一百五十元吧，我保证把孩子照顾得让您满意。

小　娟：行吧，我看看你的身份证。

妇　　女：哎哟，真不好意思，我的身份证放在中
　　　　　介了，这不都在找活吗，等我改天取回
　　　　　来我给你看。

小　　娟：那好吧。

妇　　女：我什么时候开始上班？

小　　娟：您晚上六点半到东街的熟食市场找我，
　　　　　我带您认认门。

妇　　女：嗯，你要让我看的孩子就是这个小丫头
　　　　　吧？这小丫头长的真漂亮，太可爱了。

小　　娟：丹丹，叫阿姨。

丹　　丹（抬头望了一眼妇女）：阿姨好！

小　　娟：那我们走了，别忘了六点半去找我们。

妇　　女：好的，放心吧。

△小娟带着丹丹离开了劳务市场。

镜头 9	时间	日	场景	熟食市场张振家摊位	人物	小娟、丹丹、张振、临近商贩等

△张振卖着食品，相邻的商贩边干活边和张振打招呼。

临近商贩：张哥，嫂子今天怎么没来？

张　　振：哦，你嫂子上午有点事，估计也快来
　　　　　了。

13

△说话间，小娟领着丹丹走了进来。

临近商贩：说曹操曹操到，嫂子真不经念叨。

△丹丹挣脱了小娟，向爸爸跑去。

丹　丹：爸爸、爸爸看看丹丹穿新衣服了。
张　振：哎呀，我的宝贝真漂亮。

△说着张振弯腰低头亲了丹丹一口。

临近商贩：哎呀，丹丹今天真漂亮。
丹　丹：阿姨好，是妈妈给买的。

△丹丹在别人的夸奖下，表现得十分自豪。

临近商贩：丹丹今天变成了漂亮的小天使。

△张振一边忙乎手里的活，一边问身边换衣服的小娟。

张　振：雇到保姆了吗？
小　娟：嗯，已经雇到了，一个月一百五。
张　振：啊，那么高？
小　娟：唉，一百五就一百五吧，咱省点花，

一百五还能承担起，总比没人照顾丹丹

好。

张　振：行，既然你定下来了，那就那么着吧。

△晚间六点半的时候，小娟雇的保姆来到市场找小娟，站在市
场的尽头用目光寻找小娟，看到了小娟，来到了小娟家的摊
位前。

妇　女：大妹子，我来了，够准时吧？

小　娟：这是我爱人张振，这是雇的李姐。

妇　女：老弟你好。

△张振仔细打量着妇女，把小娟拽到柜台里面。

张　振：这就是你说的那个保姆？年龄太大了
吧，我怎么看着不太机灵？

小　娟：我觉得这大姐诚实，年龄大点稳当。

张　振：不是，她又没在城市里生活过，能照顾
好丹丹吗？

小　娟：我看还行，先看看，不行再换呗。

张　振：那好吧。

△小娟不紧不慢地走到保姆身边。

小　娟：李姐，稍等会，这就要收摊了，一会我
　　　　带你到家看看。

妇　女：没事，你们先忙。来宝贝，到阿姨这儿
　　　　来。

丹　丹：我要陪爸爸，我才不去的。

小　娟：丹丹，去阿姨那儿，一会妈妈收拾完就
　　　　带你回家。

△丹丹听了妈妈的话，噘着嘴走出摊位，保姆领着丹丹在市场
　里转了转。

△没有顾客，张振和小娟收拾完食品，将食品和一些设备工具
　往倒骑驴上搬，收拾完后，出了市场，丹丹坐在张振的倒骑
　驴上，小娟和那名妇女各自骑着自己的自行车，一起向家走
　去。

镜头 10	时间	晚	场景	街道	人物	小娟、丹丹、张振、妇女等

△夜色下，张振倒骑驴的车子拉着摊位的东西，丹丹坐在倒骑
　驴上，小娟用自行车带着那名妇女。

镜头	11	时间	晚	场景	张振家	人物	小娟、丹丹、张振、妇女

△**特写**：张振家门口。

　　小　娟：我家就住这，进屋吧。

　　妇　女：哦，就住这儿？

　　小　娟：嗯，条件也不是太好，家里就我们三口。

　　妇　女：人口少，清静。

△妇女跟着小娟进了屋子，小娟领着妇女在屋内看了看。
△张振将东西卸下来，也走进了屋子。

　　张　振：弄点饭，让大姐也在这吃吧。

　　妇　女：不、不，我不在这吃了，天黑了，我也
　　　　　　早点回去，认了门就行。

　　小　娟：我们还留了一些熟食，吃完再回去吧。

　　张　振：是呀，晚饭就在这吃吧。

　　妇　女：真的不用，您看，那我明天几点来接孩
　　　　　　子？

　　小　娟：那就七点半到这吧，我陪你一起去幼儿
　　　　　　园和老师交代一下。

　　妇　女：行，那我就回了，我明天早点来。

小　娟：大姐，吃完饭走吧。

妇　女：不用，不用，我走了。

小　娟：慢点，大姐。

妇　女：没事，快回吧。

△张振一家又开始忙乎晚饭，收拾房间。

镜头	12	时间	晚	场景	街道	人物	妇女

△妇女离开了小娟家，一边走，一边回头，神态有些诡异，在一个巷子里的小旅店门口停了下来，又回头望了望，确认小娟两口子没有跟在后面，快速地走进旅店。

镜头	13	时间	晚	场景	小旅店	人物	妇女

△正在看电视的旅店服务员看见这名妇女走了进来，并没和这名妇女打招呼，妇女掏出钥匙径直走到自己租的客房里。

镜头	14	时间	日	场景	张振家	人物	张振、丹丹、小娟

△小娟和丈夫又是一阵子忙忙乎乎，时钟已经指向七点整，丹丹一个人坐在桌子前面边吃饭边玩，小娟赶忙走进来，眼神里充满爱意。

  小 娟：我的小祖宗呀，你怎么还玩呀？不上幼
      儿园了？

△**特写**：小娟把碗里的饭给丹丹喂上，又给孩子穿上了衣服。

  丹 丹：妈妈今天不是有阿姨送我上幼儿园吗？
      你就不用着急了。
  小 娟：不行，妈妈不陪你去，阿姨不知道哪个
      幼儿园的，听话宝贝。
  丹 丹：嗯，丹丹知道妈妈和爸爸都很累，丹丹
      最听话了。

△门外想起了敲门声，小娟又急急忙忙地去开门，雇的那名妇女站在门口。

  小 娟：哎哟，大姐真早，我这一大早就忙忙乎
      乎的，刚忙得差不多了。

妇　女：以后丹丹交给我，你们就不用忙了。

△小娟搽了把手，穿上衣服走进屋里，拎着书包走到院子里的自行车面前，把书包放在自行车车把上，丹丹跑到张振面前。

丹　丹：爸爸、爸爸，我要上幼儿园了。

张　振：好，去幼儿园听老师话。

△张振说着弯下腰，丹丹惯例的使劲亲吻爸爸的脸颊。

丹　丹：爸爸拜拜！

张　振：宝贝拜拜！

△小娟把丹丹放在自行车的后座上，推着车子和妇女向外走去。

小　娟：老公，别忘了多带点炭，我和大姐把丹丹送到幼儿园就去菜市场。

张　振：知道了，路上注意点车。

小　娟：我们做点小生意，赚不了几个钱，忙乎够呛。

妇　女：家家都这样，不都是为了钱活着，有钱赚多好呀。

△两个人边说边走出了院子。

镜头	15	时间	日	场景	去幼儿园的路上	人物	丹丹、小娟

△小娟和妇女推着车子边走边唠着，来到了幼儿园门口。

镜头	16	时间	日	场景	幼儿园门口	人物	丹丹、小娟、吴老师

△幼儿园的门前，家长们陆陆续续地送孩子。

小　娟：大姐，丹丹就在这个幼儿园。

妇　女：这家幼儿园挺大的，孩子真不少。

小　娟：嗯，你看那个年轻的就是丹丹的老师叫
　　　　吴婧灵。

△两人说着推着车子来到了吴老师面前。

丹　丹：老师早上好！

吴老师：丹丹早上好！

小　娟：吴老师，这是我们新雇的保姆，以后就
　　　　由大姐接送丹丹，我怕吴老师不认识，
　　　　就带大姐一起来了。

吴老师：这就对了，这样你们两口子呀就可以专

心去做你们的生意了。大姐，丹丹妈妈忙，丹丹每天是最后一个走，我也是担心对丹丹的成长不利，所以才建议丹丹妈雇个保姆。

妇　　女：是、是，不都是为了下一代吗？咱们苦点累点倒是没啥，以后丹丹就由我来接。

吴老师：一般家长都是四点半就把孩子接走了，咱幼儿园五点下班。

妇　　女：没事，我保证也四点半来接丹丹，耽误不了，我要是没啥事，还能再早点。

△又一名家长带着孩子来到吴老师面前，孩子向老师问好，吴老师无暇和小娟她们有更多的交流。

吴老师：你们快去忙吧。

小　　娟：吴老师，我们走了，您忙吧。

△吴老师点了点头。
△小娟和妇女走到幼儿园大门口，从兜里拿出来钥匙。

小　　娟：大姐，这是家的钥匙，厨房里的菜都买回来了，中午你可以在家吃，别忘了早点来接丹丹。

妇　女：我知道了，放心吧，误不了事，孩子你
　　　　就放心吧，保证给你们照顾得好好的。

小　娟：那好，我走了大姐。

妇　女：嗯，去忙你的吧。

△小娟赶忙骑上车子，奔向菜市场。

△妇女望着小娟远去的背影，十分警觉地向四周看了看，便急
　匆匆地离开了幼儿园，向她所居住的那个小旅店方向走去，
　一边走还时不时地四处张望，到达旅店门口再次左右看了
　看，就走进了旅店。

镜头	17	时间	日	场景	小旅店	人物	妇女

△妇女走进旅店，来到自己的房间，十分狭窄的房间，一张床
　占满了屋子的三分之二，她把放在床上的一个背包拿了起
　来，又将两件晾晒的衣服装进背包内，看了看房间的情况，
　背着包走出了房间，到前台结清了宿费，背着包向小娟家走
　去。

镜头	18	时间	日	场景	小娟家	人物	妇女

△妇女在小娟家门前来回转悠了好几趟，见街上行人少了，拿
　出钥匙打开小娟家的门，找到丹丹的几件衣服，装在背包里。

23

悄悄打开门，伸头看了看外面，没人，就赶忙离开了小娟家。

镜头	19	时间	日	场景	幼儿园外	人物	妇女、吴老师、丹丹等

△妇女拎着背包在幼儿园的铁栏杆外来回走动，目光始终注视着幼儿园内的情况。教室门开了，丹丹和小朋友们从室内跑了出来，参加室外活动。妇女又看了看路上没有什么行人，便隔着铁栏杆压低声音喊着丹丹的名字。

△丹丹听到了有人喊自己，顺着声音看到了妇女，便跑了过来。

丹　丹：阿姨，您怎么来了？想丹丹了吗？

妇　女：丹丹，阿姨想带你去买好多好多的玩具，还有新衣服。

丹丹（拍着小手）：太好了，太好了，丹丹又有很多新玩具了。

△幼儿园的老师看到丹丹跑到铁栅栏和一个中年妇女说话，也走了过来。

老　师：丹丹，怎么跑这里来玩，去和小朋友玩滑梯去。

丹　丹：老师，阿姨带丹丹去买衣服，还有好多好多的玩具。

△女老师并不认识这个妇女，拉着丹丹的手，眼神里充满了怀
　疑。

　　　老　师：丹丹快去和小朋友们玩，这是上课时间。

△说着拉着丹丹转身就走，妇女看这情景赶紧继续搭讪。

　　　妇　女：老师，我是丹丹家雇的保姆，她妈妈让
　　　　　　　我照顾丹丹，我想领丹丹去买点东西。
　　　老　师：我并不认识您，再说现在也不是接孩子
　　　　　　　的时间，幼儿园有规定的，没到时间不
　　　　　　　能接孩子。
　　　妇　女：老师，我又不是外人，就是想领孩子去
　　　　　　　买点东西，丹丹妈也交代我了，我和吴
　　　　　　　老师认识，不信你去问问吴老师。

△吴老师正好从教室走出来，看见老师和丹丹在栅栏边和别人
　说话，也走了过来。

　　　妇　女：您看，吴老师来了，我认识她。吴老
　　　　　　　师，吴老师……
　　　吴老师：咦，您有事？
　　　老　师：她要接丹丹出去买东西。
　　　吴老师：大姐，我们幼儿园有规定，不到接孩子

的时间，是不能把丹丹接走的。

妇　女：您看小吴老师，我也不是外人，丹丹妈让我多和丹丹亲近点，也能好好地带丹丹，我怕孩子和我认生，就带丹丹去买点她喜欢的玩具，很快的。

吴老师：幼儿园有规定的。

妇　女：我知道，我知道，求求您小吴老师，买完东西就回来，不耽误事的，不耽误事的。

△吴老师瞧瞧身边的同事，有些迟疑。

妇　女（双手合十）：我好不容易找到这个工作，真的，求求您小吴老师。

吴老师：那好吧，逛完街，买完东西就快回来，十一点半要开饭的。

妇　女：很快，很快，保证不会耽误孩子吃饭。

吴老师：那好吧，快去快回。

△吴老师领着丹丹来到幼儿园门口，把丹丹交给了妇女。

妇　女：谢谢，谢谢，丹丹快跟老师再见。

丹　丹：老师再见！

吴老师：丹丹再见！

△妇女领着丹丹离开了幼儿园。

老　师：吴老师……您这样能行吗？

吴老师：今天早上她和丹丹妈一起来送的丹丹，

也告诉我了这大姐是丹丹妈雇的保姆，

不会有事的。

镜头	20	时间	日	场景	幼儿园外	人物	妇女、丹丹等

△妇女领着丹丹离开幼儿园的时候，还是比较缓慢的，当离幼
　儿园有一段距离时，她抱起丹丹加快了脚步。

镜头	21	时间	日	场景	客运站	人物	妇女、丹丹等

△妇女抱着丹丹来到客运站，匆匆买了两张车票，登上了一辆
　长途大客离开了客运站。

镜头	22	时间	晚	场景	菜市场	人物	小娟、张振等

△小娟和张振忙完生意，小娟用拳头捶了捶后背。

张　振：你歇着，我收拾。

小　　娟：没事，快点收拾，也不知道丹丹是否听
　　　　　大姐的话。

张　　振：丹丹很懂事，应该没事的。

△小娟虽然很疲惫，还是和张振一起收拾，收拾完之后，小两
　　口关门离开了菜市场。

镜头	23	时间	晚	场景	张振家	人物	小娟、张振等

△小娟和张振从菜市场回到了家，小娟一推大门，发现大门锁
　　着，心里咯噔一下，回头看了看张振。张振赶忙走上前来，
　　掏出钥匙开门，推开大门发现房间里的灯没有亮。

张　　振：怎么丹丹不在家？

小　　娟：这么晚了，大姐会带丹丹去哪儿？我得
　　　　　去找找丹丹。

张　　振：天都黑了，去哪找？

小　　娟：我去附近看看，你先把饭做上。

△小娟说着放下车子快速地跑出院子，在家附近找丹丹，一边
　　走一边喊着丹丹和大姐。黑黑的夜色，根本没人应答，小娟
　　一下子慌了神，慌忙跑回家。

小　娟：丹丹根本没在附近，这是去哪儿了？

张　振：会不会是丹丹闹，大姐带着丹丹去菜市
　　　　场找咱们去了？

小　娟：你快骑上车子去菜市场，我到邻居家找
　　　　找。

△小娟满脸的焦虑，挨家挨户地问丹丹在不在，看没看到李大
　姐，邻居们都说一整天都没看到丹丹。

镜头	24	时间	晚	场景	夜晚街道	人物	小娟、张振、门卫大爷等

△张振一边骑着车子一边查看路边是否有丹丹的身影，在一段
　路上因为注意力不集中，差点被行驶的车辆撞上，还被司机
　骂了几句。张振也顾不得那么多，来到菜市场，菜市场的大
　门紧闭，根本看不到人影，张振头上冒了冷汗，骑着车子又
　往幼儿园赶，想去看看丹丹是否还在幼儿园。张振骑着车，
　飞速赶到幼儿园来到门口，顾不上停车，他一手把着车，一
　手使劲敲着幼儿园的大门。

门卫大爷：干吗的？这么晚了还敲什么。

张　　振：我问问我家孩子在幼儿园没有？

门卫大爷：孩子都被接回家了，哪有什么孩子。

张　　振：不是，我家孩子是吴老师那个班的，
　　　　　一个叫张丹丹的小女孩，你看没看到

吴老师领我家孩子回家？

门卫大爷：吴老师今天是整点下班的，根本没领

孩子。

张　　振：您确定？

门卫大爷：那有什么不能确定的，吴老师走时候

是一个人走的，还和我打招呼了。

△张振听了，已然有些恍惚，赶忙骑上车子又向家的方向骑去。

镜头	🎬 25	时间	晚	场景	张振家门口	人物	小娟、张振、邻居等

△张振家的院子里外站了一些邻居，纷纷议论着，张振满头大
汗地骑着车赶了回来，小娟有些发疯似的，赶紧跑到张振面
前，

△**特写**：小娟迫不及待的神情。

小　　娟：看没看到丹丹？

张　　振：你这里也没有丹丹的消息？

△小娟呆滞了一会，从张振手里抢过车子，发疯地向外跑，张
振赶紧追了出来并大喊。

张　　振：小娟，你去哪？

△小娟根本没理睬张振的话，泪水已经从眼里流淌出来，使劲地蹬着车子，张振在后面怎么喊也喊不住，只好在后面飞跑紧追不放。

镜头	26	时间	晚	场景	劳务市场	人物	小娟、张振、行人等

△小娟骑着车子来到街边的劳务市场，夜幕下的劳务市场空空荡荡，连个人影都没有，看到整个市场空荡荡，小娟一下子瘫了下来，从车子上跌倒在地上，膝盖和臂肘磕破了，趴在地上呜呜地哭着，张振气喘吁吁、跌跌撞撞地跟着跑了过来，也一下跌倒在小娟的身旁。张振满眼疲惫地看着妻子。

　　张　振：娟，别哭……

△张振找不到安慰小娟的话，也是泪水洗面，小娟一下趴在张振的身上，号啕大哭。

　　小　娟：我们的丹丹丢了，丹丹丢了。
　　张　振（小声说道）：想想，快想想丹丹还能去
　　　　　哪？还能去哪？
　　小　娟：丹丹一定是丢了，丹丹一定是丢了。

△小娟仿佛听不到张振的话，自顾自地小声呢喃着并使劲拍打

着张振的肩膀。这时，一个身穿蓝色风衣的行人走了过来，看到夫妻俩坐在地上，女的还号啕大哭，行人感到奇怪，加快脚步走近他们身边。

行　人：你们怎么了？

△小娟听到有人问，想站起来，但是瘫软的腿没有力气，又坐在地上。

小　娟：您看到一个6岁的小女孩子没有？穿着粉色的裙子。

行　人（带着疑惑的目光问道）：你们孩子丢了？

小　娟（带着哭腔回答）：是的，大哥，您看见了丹丹？

△特写：小娟头发蓬乱，面色苍白，有些神志不清。

行　人：孩子都丢了，你们咋就知道哭，你们哭有什么用，还不去报警？

△特写：张振仿佛抓到救命稻草的眼神。
△张振用手擦了一下眼泪，并从地上站起。

张　振：对，报警，赶快报警。

△张振支好了自行车，想把小娟扶到车后座上，小娟根本坐不稳，张振扔下车子，搀扶着小娟来到路边，搭了一辆出租车。

镜头	27	时间	晚	场景	派出所门口	人物	小娟、张振、凌峰及同事等

△张振扶着小娟来到派出所，一路上小娟目光呆滞，眼里流着泪，到了派出所，刚下车，小娟的腿仿佛不听使唤，还没站稳便摔了一跤。

△正在门口的警察凌峰和同事迎了上来赶忙扶起小娟。

  凌 峰：大姐，您小心点，来这你们有事吗？

  张 振：快，我要报警，我家孩子丢了！

  凌 峰：您二位别慌啊，孩子丢了，快到屋里登
      记，有什么问题到屋里再说吧！

镜头	28	时间	晚	场景	派出所	人物	小娟、张振、凌峰、吴老师等

△凌峰带着张振和小娟来到一个房间里，拿出了记录本，另一名警察给小娟倒了一杯水，小娟接过纸杯。

  小 娟：警察求您快救救我的孩子，快救救我的
      孩子。

凌　峰：别激动，大姐说说具体情况，孩子怎么
　　　　丢的？什么时候发现不见了？

小　娟：我们晚上回家的时候，孩子就不在了，
　　　　你们快帮我找找我的孩子吧。

凌　峰：那你没有到亲属家和附近找找？

张　振：我们该找的地方都找了，就是不见孩
　　　　子。

△特写：张振紧张地直搓手，手心里全是汗。

凌　峰：大约几点发现孩子不见的？

张　振：我们晚上七点多回来就没见到孩子。

凌　峰：这样啊，那联系学校老师了吗？

△张振拍了一下脑袋。

张　振：啊？太着急忘记给吴老师打电话了啊！

△张振拿起手机拨通了吴老师的电话。

吴老师（画外音）：喂，您好，请问哪位？

张　振（用颤抖的声音说）：吴老师您好，我是
　　　　张丹丹的父亲，我家丹丹不见了，想问
　　　　问您，知道她去哪里了吗？

　　　吴老师：她被你家的保姆带走了呀，上午还没到
　　　　　　　午餐点，她就领走了丹丹，说是给孩子
　　　　　　　买东西，放学点也没见她俩回来，我以
　　　　　　　为她直接带丹丹回家了呢？怎么啦？孩
　　　　　　　子出什么事情了吗？

△张振听到这些话宛若晴空霹雳，脑子里全是空白，手机一下
　掉在地上，从凳子上摔了下去。

　　　吴老师（画外音）：丹丹爸爸，丹丹爸爸，怎么
　　　　　　　样了，喂喂喂……

△小娟和凌峰赶紧上前去搀扶起张振。

　　　凌　峰（拿起电话）：您好，这里是派出所，我
　　　　　　　是警察凌峰，您的学生张丹丹于今天傍
　　　　　　　晚走失，您可以说明一下事情经过吗？
　　　吴老师：什么！孩子不见了？天啊，这是我的疏
　　　　　　　忽啊……

△吴老师把事情经过一字不差地同凌峰说了一遍。凌峰挂断电
　话的同时，小娟一下子抱住凌峰的腿，跪在地上向凌峰哀
　求。

小　娟：孩子真的丢了，快帮我们找孩子吧，求你们了。

△凌峰赶忙上前扶起小娟。

凌　峰：大姐，您别这样，我是人民警察，为你们找寻孩子是职责所在。这样，你们先把雇保姆的详细情况和我说明一下，还有咱家孩子的个人信息都登记一下。刚才我与吴老师交流过，根据你们仁人所说的内容，我个人猜测保姆是早有预谋的，是故意接近你们的，我们一定帮你们找回孩子，吴老师也正在赶来的路上，你们不要太伤心，咱们得打起精神找孩子呀。

△凌峰拿起桌子的座机拨打局里电话。

凌　峰：喂，局值班室吗？我们所里来了一对夫妻，说孩子今天晚上丢了……哦，好的。

△凌峰放下电话。

凌　峰：我刚才请示上级了，我们现在立即进行侦查，寻找孩子的下落。这样，我们先

派出警力帮你们找孩子，你们不要着
急，我们马上行动。

镜头	29	时间	晚	场景	大街小巷	人物	小娟、张振、凌峰、吴老师、邻居们等

△张振夫妻、吴老师和邻居们在幼儿园附近寻找丹丹，凌峰带
　着两名警察来到客运站、火车站查找。

镜头	30	时间	晚	场景	大街小巷	人物	无

△夜空景。

镜头	31	时间	夜	场景	张绣花家里	人物	丹丹、张绣花、冯老四、拐卖丹丹的妇女

△屋内空空荡荡，只有一个火炕和些许的家具，丹丹躺在火炕
　上已经睡着了，拐走丹丹的妇女和张绣花、冯老四坐在另一
　间屋子的桌子前吃饭。

镜头	32	时间	夜	场景	张绣花家的餐桌旁	人物	张绣花、冯老四、拐卖丹丹的妇女

△妇女喝了一口桌前的水，眼神飘忽不定。

37

　妇　女：你们看到了吧，这小丫头又漂亮又懂
　　　　　事。

△张绣花扎着麻花辫子，穿着大花布衫、米黄色的体型裤，看
　起来大约40多岁，一个劲地往妇女的碗里夹菜。

　张绣花（笑嘻嘻的）：孩子是挺好的，就是价格
　　　　　有点高了，您看能不能再低点？
　妇　女：我说妹子，我是可怜你们夫妻结婚这么
　　　　　多年来，一直没有孩子，这个孩子要是
　　　　　卖给别人肯定不是这个价，要你们六千
　　　　　元还多呀？

△张绣花用脚使劲地踩了踩丈夫冯老四的脚。

　张绣花：你就知道喝，你就不能说说你的意见。

△冯老四坐在桌前，身形瘦瘦小小的，一手拿着酒杯，一手拿
　着筷子，整个人好似趴在桌上一样，背弓得像只虾米，悠闲
　地晃着翘起的二郎腿。

　冯老四：买孩子都是你张罗的，你让我说啥？
　张绣花：没用的东西！

△张绣花转头看向旁边的妇女。

张绣花：大姐，我现在手头还没那么多钱，孩子我要了，明天我把家里的粮食卖了，一定把钱凑上。

冯老四：你有病啊！粮食卖了吃啥？喝西北风呀？

张绣花：你个不中用的东西，连个种你都种不上。

冯老四：谁说我种不上？那地我少种了？你见过盐碱地长出庄稼吗？

妇　女：得得，你们两口子吵吵什么？咱现在说的是这个孩子的事情，你们要是能定下来，抓紧凑钱。没钱，我也不能指你们这一棵树吊死，别耽误事。

张绣花：买，买，怎么能不买呀，明天我们就筹钱，保证不会差你一分钱的。

妇　女：这就对了，这么好的孩子打着灯笼都难找。

张绣花：是，是……来，大姐你吃这个。

△张绣花又给妇女夹了一块肉放到碗里。
△冯老四端起杯子来一饮而尽，又给自己倒了一杯。

镜头	📽33	时间	凌晨	场景	公安局会议室	人物	凌峰、警察局沈局长等

△办公室中间摆放着一个长桌，×市公安局局长与同事们正热烈地讨论着案情。

凌　峰：沈局，现在的情况就是这样。除了张丹丹，咱们市之前也出现过失踪儿童的情况，我建议我们局开展"打拐"专项行动，成立专项组，查找这些孩子的下落。通过刚才和大家的讨论，让我很有感触。我的想法是警民互动，全民参与其中，这样可以更快地找到孩子。我们先在我们本市各大主要地区设立失踪儿童名单的布告栏，这个布告栏专门发布失踪儿童的照片和信息；然后我们设立提供线索的热线电话，也可以利用互联网平台，以悬赏的方式帮助寻找那些失联的孩子。我想通过我们的努力，也许能推动整个社会都行动起来，为了我们的孩子，我们不容迟疑呀！

沈局长：凌峰同志，你说得很对！大家的意见呢？

△其他同事都纷纷点头。

> 沈局长：那经过咱们几个小时的讨论和研究，我
> 　　　　们就正式开展"打拐"专项行动。此次
> 　　　　行动，主要由凌峰带队，怎么样？
> 其他同事（异口同声地说道）：同意！
> 沈局长：那散会！行动起来吧！

镜头	34	时间	日	场景	街道	人物	小娟、吴老师行人等

△人潮涌动的街道上，小娟和吴老师拿着厚厚一沓手写的寻人
　启事在墙上、电线杆等处张贴。小娟已经好几夜没合眼，红
　肿的眼睛，凌乱的头发，身体十分虚弱，吴老师一边搀扶着
　她，一边寻找着丹丹的下落。

镜头	35	时间	日	场景	火车站门口	人物	张振、行人等

△张振举着用纸壳写的寻人启事牌子，跪在地上，向围观的人
　苦苦哀求，希望大家帮忙一起寻找丹丹。

镜头	36	时间	日	场景	张绣花家里	人物	张绣花、冯老四、丹丹、妇女等

△张绣花已经筹措到买孩子的钱款，夫妻俩数了好几遍，最后交到妇女手中。

妇　女：你看你们两口子啊，这钱数了好几遍，亏的钱币纸好，要是质量差一点还不被你们数烂了？行了我也不数了，孩子交给你们了，我也走了。

张绣花：谢谢大姐，谢谢大姐。

△妇女将钱揣在怀里，拎着背包向外走去，在院子毫不知情跑来跑去的丹丹见妇女要走，跑了过来。

丹　丹：阿姨，丹丹跟阿姨走。

△冯老四一把将丹丹拽到身边。

冯老四：走什么走，为了你这个孩子，家里的粮食都卖了，以后你就是我们家的了。

丹　丹：我要找妈妈，要找妈妈。

△丹丹使劲地哭喊，想挣脱冯老四的手。

△张绣花走了过来，把丹丹抱了起来。

张绣花：孩儿，不哭，他是爸爸，来妈妈抱抱。

丹　丹：你不是妈妈，我要找妈妈，我要找妈
　　　　妈。

△丹丹使劲哭喊着，挣脱着。

△张绣花将又哭又闹的丹丹抱进了屋里，无论怎么哄，丹丹始
　终停不下来。冯老四见丹丹闹得厉害，狠狠地向丹丹的屁股
　打了两巴掌。

冯老四：你再哭，再哭我就打死你。张绣花，你
　　　　把她扔在炕上，让她使劲儿哭，哭过劲
　　　　儿就老实了。

张绣花：那怎么行，咱既然花了钱买了孩子，这
　　　　孩子就是咱的丫头，你可别再把孩子吓
　　　　坏了。

冯老四：吓坏什么吓坏？不狠狠收拾老实了，以
　　　　后就没法管了，满院都是活，不能光守
　　　　着她啥活不干，赶快出去干活去。

△冯老四夫妻俩将孩子放在炕上，关上了房门，走了出去。

△丹丹奔跑到炕沿，见炕距离地面很高，只好趴在炕上向下

滑，一下子坐到地上，从地上爬起来之后，使劲拍打着房门，喊着找妈妈。外面一点动静也没有，又很费劲地爬上炕，趴在关着的窗户玻璃上，哭喊找妈妈，院子里的冯老四根本不管，只顾干活，张绣花还时不时地看看趴在窗户哭喊的丹丹。

张绣花：这孩子得看好了，别再跑了。

冯老四：跑？敢跑？我就打断她的腿。

张绣花：把腿打断了，钱不白花了？你有病呀。

冯老四：你以为我稀罕这个孩子，屁，她身上没有淌着我的血，又不是我亲生的，一个丫头片子还不是个赔钱的货。

张绣花：赔什么钱？等她长大了，招个上门女婿，也能有人给咱们养老，我都打算好了。

△夫妻俩边聊着边干活，孩子的哭声渐渐地弱了下来。

△丹丹哭累了，趴在窗台上睡着了，哭肿的眼睛上还挂着几滴泪水。

镜头 37	时间	黄昏时分	场景	张绣花家里	人物	张绣花、冯老四、丹丹等

△中年夫妻俩从院子回到屋子里，冯老四走在前面，开门的声

音很大，一下子把趴在窗台睡着的丹丹惊醒了，丹丹"哇"的一声大哭起来，张绣花使劲地推了一下丈夫。

> 张绣花：你不能轻点，毛手毛脚的，把孩子吓
> 　　　　着。
> 冯老四：这是我家，怎么我还得像贼一样偷偷摸
> 　　　　摸的，毛病。

△张绣花快速来到炕前，伸出双手，抱起丹丹。

> 张绣花：来，丫头，上妈妈这来，咱不怕啊。

△丹丹退缩在窗台跟儿，小声地抽泣着。

> 丹　丹：丹丹要回家，丹丹要找妈妈，丹丹要找
> 　　　　爸爸。

△张绣花脱了鞋上了炕，抚摸着丹丹的头发。

> 张绣花：丫头，别怕，我就是妈妈呀！不怕，不
> 　　　　怕。
> 丹　丹：你不是妈妈，你不是妈妈……
> 张绣花：我是妈妈，以后咱不叫丹丹了，丹丹这
> 　　　　名字不好听，你长得这么好看，像朵花

一样，咱就叫花花！俺叫张绣花，也是
花，咱俩都叫花，多好，以后你就是爸
爸妈妈的小花花，不要哭。

丹　丹：丹丹不是花花，丹丹要找妈妈，丹丹要
　　　　找妈妈，丹丹要回家。

冯老四：你别光弄孩子，什么时候了，还不去做
　　　　饭？弄个孩子能当饭吃？

张绣花：喊什么喊？喊什么喊？你就不能把饭做
　　　　了？

冯老四：我怎么知道晚上吃什么？

张绣花：去买块豆腐，家里不是还有鸡蛋吗？炒
　　　　个鸡蛋。

△冯老四用力将地上的一个板凳踢翻，转身出去。

张绣花（继续哄着丹丹）：花花不哭，花花不哭
　　　　哦，明天妈妈带你湖边玩，湖里呀有好多
　　　　好多的鱼，妈妈给你抓鱼吃。

△丹丹的哭声已经是十分微弱，没有力气再挣扎，张绣花坐在
　炕上抱着丹丹。
△冯老四已经做好了饭菜，进屋放下桌子，端上来用碗装的炒
　豆腐和炒鸡蛋，三碗玉米糁子粥，随后拿出一瓶酒和一个酒
　杯，自己坐在桌子面前倒上满满的一杯酒。

△张绣花见到后，开始数落丈夫。

> 张绣花：喝，喝，你就知道喝，家里这点钱都被
> 　　　　你喝光了。
>
> 冯老四：喝酒怎么的，花钱我也没花到别人身
> 　　　　上，都装在我自己肚子里了。

△张绣花抱起丹丹从炕沿挪到桌子前面，给丹丹端来一碗粥。

> 张绣花：来，花花，咱吃饭了啊，爸爸给你炒的
> 　　　　鸡蛋，鸡蛋是咱家大花下的，老香了。

△但无论中年女人怎么劝，丹丹怎么都不肯吃。
△冯老四将手中的酒杯狠狠地墩在桌子上，吓得丹丹一惊。他
　瞪着眼睛大声喊道。

> 冯老四：我告诉你，你要是不吃，就饿着吧，别
> 　　　　养成一身臭毛病。

△丹丹使劲往张绣花的怀里钻，张绣花把手中的筷子扔向冯老
　四，也大声地向冯老四喊道。

> 张绣花：你摔什么摔？我看你厉害了是不是？

冯老四：不、不是的，这孩子刚进门，你这样惯
着她不得惯出一身毛病了，我这不也是
想让她吃饭吗？小孩不吓唬吓唬不行。

△冯老四见妻子发了火，有些妥协，说话的声调也降了下来。

张绣花：没你这样吓唬孩子的。来，花花，吃
饭，妈妈喂你，不吃饭就饿坏了，花花
吃饭啊。

△丹丹惊恐地望了望张绣花，又看了看冯老四，吃了几口张绣
花夹过来的鸡蛋和小勺子里的粥，慢慢地丹丹有了睡意，睡
在张绣花的怀里。她拍着丹丹的身体，轻轻地摇晃着，望着
丹丹的脸自言自语，满心喜欢，而冯老四只顾自己喝着酒，
张绣花对丈夫吼道。

张绣花：别光顾的喝你那点猫尿，来给孩子把褥
子铺上。

△冯老四一口又把杯里的酒一饮而尽，放下筷子给丹丹铺上了
褥子，拿出了被子。
△张绣花将丹丹轻轻地放在褥子上，给孩子脱了衣服，盖上被
子，回到桌子上吃饭。

张绣花：你呀，以后也别对花花大声嚎气地喊，不管怎么说，进了咱家，虽然不是咱亲生的，但现在也算是咱的姑娘，谁叫咱俩不能生了，我呀，得想办法，让她认咱们这个爹娘，慢慢就会适应了。

△冯老四低头不语，喝着杯里的酒。

镜头 38	时间	晚	场景	派出所	人物	小娟、张振、凌峰等

△十分憔悴的小娟和丈夫张振坐在派出所里的凳子上，凌峰给夫妻俩倒了两杯开水。

凌　峰：我们局里已经设立了专门的行动小组，正在全力以赴寻找孩子的下落，请你们给我们一段时间，你们说的那名妇女我们已经调查过了，没有准确的身份信息很难找到，劳务市场的人都说不认识，但我们还会继续调查，利用多种手段寻找拐卖丹丹的妇女线索，一有消息，我们会尽快通知你们，你们夫妇回家也好好休息休息，别放弃，多动员点邻居、亲属、朋友帮你们找找。

△小娟目光呆滞，无精打采，张振毫无精神地点了下头。

凌　峰：你们别着急，孩子我一定帮你们找到。

△张振站了起来，紧紧握住凌峰的手，含着眼泪表达了感谢。搀扶着小娟走出了派出所。

镜头	39	时间	晚	场景	街道	人物	小娟、张振、行人等

△小娟在张振的搀扶下，泪眼蒙眬地向前走着，忽然有一个女性领着一个穿着粉色裙子的小女孩，小娟眼睛忽然一亮，惊叫着边喊边跑向小女孩。

小　娟：丹丹，我的丹丹。

△小娟一下子跌倒了，膝盖处的裤子也跌破了，手掌也被地上的碎石划破，但是小娟没放弃，站起来踉踉跄跄地追赶着小女孩，张振在后面喊着小娟的名字，当小娟来到孩子身后的时候，一把把小女孩抱在怀里，嘴里不停地喊着丹丹的名字。
△领孩子的女人使劲地推开小娟，夺过孩子，小娟被推倒在地上，小娟顾不得疼痛，还是爬起来去抢孩子，嘴里呼喊着丹丹的名字。
△领孩子的妇女紧紧地抱住自己的孩子。

妇　女：这大姐，你是不是有病呀？抢孩子呀？

△张振从后面跑过来，赶紧向妇女解释。

张　振：对不起，对不起，我家孩子丢了，认错
　　　　孩子了，实在对不起。

△领孩子的妇女斜眼看向张振，赶紧把自己的孩子抱走了，
△小娟松开孩子的手，又瘫软地坐在地上，自言自语道。

小　娟：丹丹，丹丹，我的丹丹。

△张振不忍心看到这一幕，满眼泪水，紧紧抱住小娟。

第二部分

镜头	40	时间	日	场景	田地	人物	冯老四、张绣花、丹丹等

△冯老四扶着犁杖翻着土地，在另一侧翻完的土地上，张绣花
　拿着镢头在垄沟上刨坑，瘦弱的丹丹穿着农家孩子穿的花衣
　服，背着一个小兜子在后面缓慢地撒着玉米种子，她已经失
　去了在亲生父母身边那种神采，撒几粒种子，用脚踩一下，
　踉踉跄跄地，有时候还跌倒坐在了垄沟垄台上。

△张绣花回头看一眼丹丹，停了下来，来到对丹丹身边。

> 张绣花：花花，加把劲，这两垄种完了，咱就回
> 家吃饭喽。

△丹丹神情呆滞地低着头，继续撒着种子。两垄地种完，丹丹
还是呆呆地站在地头，低着头用脚慢慢地搓踏脚下的泥土。
△过了约一个小时。

> 张绣花：花花，走了，该回家吃饭了。

△冯老四夫妻两人将工具拢了拢放在地头，领着丹丹回家，夫
妻俩在前面走，丹丹跟在后面。

镜头	41	时间	日	场景	张绣花家	人物	冯老四、张绣花、丹丹等

△冯老四夫妻带着丹丹回到家里，张绣花自己捶了捶后腰，抱
了一些木柴扔在炉灶前，又去洗了洗手就去开始做饭，冯老
四鞋也没脱就躺在了炕上，丹丹一个人独自坐在门前的小板
凳上，呆呆地发愣。

> 张绣花：你能不能别回家就躺在炕上，快去把猪
> 喂了。

冯老四：知道了，歇一会。

张绣花：花花，你快去喂喂院子里的鸡。

△丹丹听到了张绣花的喊声，端起地上脏兮兮的脸盆向仓房走去，在一个柜子面前把盆放在地上，又回到院子里拿起小板凳回到仓房垫在脚下，费力地打开柜子上盖，用小手一把一把地抓着玉米，装了有小半盆的玉米向仓房外走去，无意之间踩到了锄头上，锄杆打在丹丹的头上，丹丹扔掉了手里的盆，玉米撒了一地，丹丹的头也被打出了一个红红的包，丹丹生怕冯老四听到自己的哭声，用双手紧紧地捂住嘴哭了起来，哭了片刻，用一只小手捂着头上的包，蹲在地上捡撒落在地上的玉米，一边捡着玉米粒，一边哭着。

△冯老四拎着桶来到仓房，丹丹一见冯老四走了进来，吓得坐在地上哆缩着。

冯老四：没用的东西，干什么都干不明白，我告诉，你把掉在地上的玉米都给我捡干净了，差一个粒你都别想吃饭。

△丹丹赶紧起来蹲在地上用双手捡地上玉米粒。冯老四装完一桶玉米面，拎着桶向外走着，并对有点挡路捡玉米粒的丹丹用脚扒拉一下，丹丹又坐了一个腚墩。

△冯老四拎桶走出了仓房，碰到了院子里的张绣花。

张绣花：花花在哪里？

冯老四：没用的东西在仓房捡苞米粒呢。

△张绣花来到了仓房，见丹丹蹲在地上捡玉米粒，连头都不敢抬。

张绣花：哎哟，我的花花呀，这点活还弄不明白，这是咋整的，怎么还撒了一地。

△张绣花一边说一边拿起扫帚扫掉在地上的玉米粒。

张绣花：行了，去洗洗手吧，妈妈扫。

△丹丹站起来靠在一边，一只手捂着头，胆怯地站立着。张绣花见丹丹没有出去，回过头来看了丹丹一眼，发现丹丹一只手捂着头，也蹲了下来。

张绣花：花花，怎么了？来，让妈妈看看。

△张绣花将丹丹的手从头上挪开，发现了额头上的包，表情凝重起来。

张绣花：咋弄的呀，你怎么这么不小心，妈妈给你揉揉。

△丹丹胆怯地不敢说话。

> 张绣花：花花，妈妈问你咋不说话呀，好啦，好
>
> 啦，快进屋洗洗，一会妈妈弄热毛巾给
>
> 你敷敷。

△丹丹还是不敢走出仓房。

> 张绣花：快回去吧，听话。

△丹丹挪着脚步，走出了仓房，来到院子里仍然蹲在门口，低
着头，也不敢进屋。

△张绣花很快就将撒在地上的玉米扫了起来，端着盆来到院
子，唤着院内的小鸡，将盆放在地上，来到丹丹的身边。

> 张绣花：花呀，怎么不听话，来，妈妈给你洗
>
> 洗。

△说着，张绣花领着丹丹走进屋里，将她抱上炕，又去厨房打
了一盆热水，用毛巾给丹丹擦了擦手和脸，用热毛巾敷在丹
丹额头上。然后她端着水盆出去，走进厨房，不一会就将做
好的饭菜端上桌子。

△冯老四走进屋子，手里还拿着酒瓶子。

张绣花：我说你呀，这大中午的还喝什么酒？下午活不干了？

冯老四：你闭嘴吧，天天都是这几句，我就好这一口，不喝点酒干活都没劲。

张绣花：你就喝吧，喝死你就好了。你看看，这孩子脑袋磕了这么大一个包，花花，还疼吗？

△丹丹呆滞地点了点头。

△冯老四不满意地撇了一下嘴。

张绣花：花花呀，以后干活可要长点眼力见儿，不能总吃亏，来吃饭吧。

△张绣花给丹丹端过来饭，递过筷子，自己端起来饭碗，夹了一口菜，刚刚放到嘴边，忽然恶心起来，捂住嘴，强行地咽了下去，丹丹歪头看着张绣花。

冯老四：你怎么了？胃不舒服？

张绣花：不知道怎么突然恶心起……？

△还没等话说全，菜还没吃到嘴里，张绣花又恶心起来，赶紧跑向屋外，哇哇地吐了起来。冯老四也赶忙跟了出来，拍打着妻子的后背。

冯老四：找时间去卫生所看看吧，下午的活也别
　　　　干了。

△张绣花直起身子，用衣袖擦了擦嘴。

张绣花：哎，俺先不去了，先把地里的活干完再
　　　　说吧。

镜头	42	时间	日	场景	市里菜市场	人物	小娟、商户等

△小娟无精打采地打点着熟食摊上的生意，临近的商户和小娟
　闲聊着。

商　户：娟，咱这菜市场要拆迁了，你和张振有
　　　　啥打算？

小　娟：无论怎么样，我们都不走。

商　户：拆迁了，这里的菜市场也没了，你们不
　　　　走在这干吗？你得和张振合计下怎么
　　　　办？找个好点的市场，继续经营你们的
　　　　熟食，这几年来，你们有不少客户的。

小　娟：拆了我们也不走，我们的孩子还没回来
　　　　呢！我们就在这里等丹丹。

△**特写**：商户轻轻地叹了口气，摇了摇头。

商　户：唉，你这么等也不是办法呀！

小　娟：我都想好了，我坚持在这摆摊，我老公
　　　　改行去开出租车，这样我们接触的人就
　　　　更多了。每来一个顾客，我们都发一个
　　　　寻找丹丹回家的小卡片，利用大家的力
　　　　量这样能让消息传得更快、更远些。

商　户：娟啊，可苦了你和张振大兄弟了。老天
　　　　保佑呀，丹丹一定要回来啊！

镜头 43	时间	日	场景	村里卫生所	人物	张绣花、冯老四、大夫等

△冯老四、张绣花坐在卫生所的大夫面前。

大　夫：恭喜你，你要当妈妈了？

△听了大夫的话，张绣花十分吃惊。

张绣花：大夫，你说什么？你再说一遍？

大夫（笑了笑）：恭喜你们要当爸爸妈妈了，你
　　　　媳妇怀孕了。

△冯老四十分激动，猛地站了起来，紧紧地抓住妻子的一只
　手。

冯老四：我要当爸爸了，我有儿子了，你听没听
见? 我有儿子了。

大　　夫：别高兴太早了，也许是个姑娘。

冯老四：一定是儿子，一定是儿子，走，咱回
家，我给你做一顿好吃的。谢谢哈，大
夫!

△冯老四兴高采烈地领着张绣花走出了卫生所。

镜头	44	时间	日	场景	回家的路上	人物	张绣花、冯老四、邻居等

△在回家的路上，冯老四逢人就龇牙高兴地告诉自己的妻子怀
孕了，同村人也在向他贺喜。

镜头	45	时间	日	场景	张绣花家里	人物	张绣花、冯老四、丹丹等

△张绣花回到家中，坐在院子的丹丹见冯老四夫妻回来，站起
来躲在墙根下，瞪着大眼睛呆呆地望着，冯老四扶着张绣花
坐到炕上。

冯老四：老婆，你太棒了，以后呀，家里的活你
啥也别干，好好待着。

△说着他竟抱住妻子呜呜地哭了起来，张绣花拍了拍丈夫的身体。

张绣花：好了，好了，要当爸爸了，这是件高兴的事儿，你哭啥？

冯老四：我终于可以挺起腰杆面对乡亲们了，我有后了，再也不怕别人在背后戳我的脊梁骨了，你就好好在家待着，让我儿子健健康康的，地里的活你也别惦记，有我和花花的，我俩把活全包了。

张绣花：说啥呢？你没听老辈人说，女人怀孕要多运动，才有利于胎儿的生长。对了，花花，是花花给咱带来的福气，以后可得待花花好点，别老是在花花面前大声嚷气的，这孩子来咱家也快半年了，我就没怎么看见花花笑过。

冯老四：没事，吓不着，反正花花不是我亲生的，只有我儿子才是我亲生的，只要对我儿子好，我就不愁养老，到时候咱把花花嫁出去，狠狠要一笔彩礼，咱下半辈子就有着落啦。

△张绣花心里多少对丹丹产生了一种同情和心疼，歪头看见了丹丹依偎在门框上胆怯地看着他们夫妻，推开了丈夫，向丹丹招手。

张绣花：来，花花，到妈妈这里来，来，来呀花花。

△丹丹怯怯地看了看冯老四，没敢移动。

冯老四：花花，我告诉你，你妈妈现在是咱家最大功臣，不准惹你妈妈生气，多干活，你要是不听话看我怎么收拾你。

△听了冯老四的话，丹丹胆怯地缓慢向后退，想离开屋子。

张绣花：我不都告诉你对花花好点吗？你怎么还这样？

△张绣花下地走到丹丹面前，把丹丹抱起来，回到炕上。

张绣花：花花不怕，有妈妈在，爸爸不敢打你，花花，妈妈告诉你一个好消息，你快有小弟弟了，将来你就不孤单了……

△丹丹似懂非懂地点了点头。

镜头	46	时间	日	场景	菜市场	人物	小娟、张振等

△菜市场内空荡荡的，所有的商贩因为菜市场拆迁停止了生意，也没有顾客光顾菜市场，只有小娟坐在自己的摊位里，也不说话，摊位上只有少许的熟食，这时，菜市场的两名管理员走了过来。

　　管理员：小娟，你们的摊位到底是撤不撤？整个市场的商户都迁走了，就你们两口子还耗在这里，也不能总这么耗着呀？

　　张　振：大哥我们不是不走，我们要在这里等我家孩子回来，咱们的市场能不能不拆迁？

　　管理员：小娟，你们的遭遇我们也十分的同情，孩子丢了慢慢找，一定能找回来，可市场拆迁是政府的改造规划。

△小娟突然给管理员跪了下来。

　　小　娟：求求您，求求您就让我们在这里等孩子吧，求求您了，也许将来有一天我的孩子会来菜市场找我们的，要是看见我不在了怎么办啊！

管理员：别，别，您可别这样。这样，我给你联
　　　　系个附近的商铺继续做你们的生意，这
　　　　里我经常来检查，我也帮你联系着，一
　　　　旦孩子回来找你们，你们也能找到孩
　　　　子，你看成吗？

△小娟的眼里含着泪水，一个劲地鞠躬表示感谢。

镜头	47	时间	日	场景	张绣花家中	人物	张绣花、冯老四、丹丹等

△冯老四抱着一个大纸壳箱子走进了院子，丹丹在扫院子，冯
　　老四兴冲冲地跑过来。

　　冯老四：花花，看爸爸拿回什么了？

△丹丹停下手中的活，呆呆地望着中年男人，中年男人将纸壳
　　箱子放在地上，打开盖露出了里面的几只小鹅，丹丹见了小
　　鹅，蹲了下来，看着几只可爱的小鹅。

　　冯老四：喜欢吗？

△丹丹点了点头，伸出手来去摸箱子里的小鹅。

冯老四：花花，这些小鹅就归你养了，你要每天

给这些小鹅去采菜，喂它食，知道吗？

△丹丹认真地点了点头。

△张绣花挺着肚子从屋里走了出来。

张绣花：你们爷俩说啥悄悄话呢？

冯老四：媳妇，你看，我买什么回来了？

张绣花（好奇的语气）：买的啥？

△张绣花来到丈夫面前。

张绣花：买这么多鹅子做啥？

冯老四：邻居老孙家卖一窝大鹅，我就买了几只

回来。

张绣花：你还不嫌家里的活多呀？

冯老四：哎哟，你可不能这么说，咱也快有儿子

了，养几只大鹅，落了雪之后咱杀了，

能给你和儿子补补身子，这可是为了我

儿子养的。

张绣花（不屑的语气）：我可没时间弄这些东西。

冯老四：嘿嘿，不用你，这几只鹅就交给花花了，

花花，爸爸说的对不？你喜欢这些鹅子

不？

△丹丹赶紧点了点头。

　　张绣花：花花还小，她哪会养鹅子。

　　冯老四：小什么？你看村里这些孩子，那个不干
　　　　　　活？又是割猪草，又是砍柴，农村的孩
　　　　　　子没那么娇气，干点活累不死人。

△张绣花叹了口气，摇了摇头。
△冯老四快速地到仓房里拿出了一把短锯、绳子还有一个土篮
　子，套上了牛车，对花花说道。

　　冯老四：走，花花，爸爸带你上山去喽。

　　张绣花：你带花花上山干啥？

　　冯老四：哎呀，你就甭管了，反正花花在家也没
　　　　　　事，我带花花去弄些劈柴，顺便采点鹅
　　　　　　子食。

　　张绣花：鹅子还小，弄什么鹅食，你要是愿意动
　　　　　　弹你自己去！花花，听妈妈的话啊，在
　　　　　　家陪妈妈。

　　丹　丹：我喜欢这些小鹅子，我要给这些鹅采吃
　　　　　　的，让鹅长得胖胖的。好让你和弟弟吃。

　　张绣花：你这孩子呀，真是懂事。唉，行了去
　　　　　　吧，山上坡陡路滑，看点脚下，别跌倒
　　　　　　了哈。

△丹丹被冯老四抱上了牛车，他赶着牛车离开了家。

镜头	48	时间	日	场景	砍柴路上	人物	冯老四、丹丹等

△冯老四带着丹丹去砍柴，路上遇见了村里的几个孩子背着书包在路上开心地玩耍着，其中一个孩子看见了丹丹，喊着丹丹，让丹丹下来和他们去玩，丹丹看到这几个孩子背着书包，玩得又是那么无忧无虑，露出了羡慕的目光。

冯老四：去，去，该干吗干吗去，花花不像你们那样野。

孩子们：叔，让花花跟我们玩一会呗，花花从来没跟我们玩过。

冯老四：不玩，花花有事。

丹　丹（突然对这些孩子们说）：我家有小鹅子，我去给小鹅子采食。

王大锤：我家有好多大鹅，从来不用我去采食。

冯老四：俺家花花和你们不一样，你们回家玩去吧，花花不跟你们玩。

王大锤：不玩就不玩呗，走咱们去湖边玩。

△几个孩子停了下来，丹丹坐在牛车上回头目不转睛地看着几

　个孩子，几个孩子边走边打闹，一路上有说有笑。

　　　王大锤（窃窃私语）：花花整天在家，也没有咱

　　　　　　　们陪她玩，花花多没意思呀。

　　　女孩一：我感觉就是她爸爸不让花花出来跟咱们

　　　　　　　玩，她爸整天就知道喝酒干活。

　　　女孩二：啊，我想到一个好办法。

△其他孩子见小女孩有办法和丹丹玩，都向小女孩打听。

　　　女孩二：咱们跟着花花一起去采鹅食，咱们人

　　　　　　　多，一会就帮花花采完了，这样花花的

　　　　　　　爸爸就能让花花跟咱们玩了。

△说着，几个孩子便转过身向牛车追去，冯老四见几个孩子又

　追了上来。

　　　冯老四：你们不回家，追我们干啥？

　　　女孩一：叔，我们去帮花花采鹅食。

　　　冯老四：我家的活用不着你们帮，去别地儿玩

　　　　　　　吧。

　　　王大锤（斩钉截铁的语气）：我们就跟花花玩！

△说着几个孩子从后面爬上了牛车，和花花坐在一起，又疯又

闹的，花花也高兴地和几个孩子玩着。

镜头	49	时间	日	场景	山坡上的玉米地	人物	冯老四、丹丹、孩子们等

△牛车来到山坡的玉米地旁边，冯老四将牛车停了下来。

冯老四： 好了，你们就在这采鹅食吧。

△孩子们都下了车，问冯老四采什么样的鹅食，他不耐烦地领着丹丹和孩子们到地里，采了一把曲莫菜和苦菜给孩子们看。

冯老四： 这个是曲莫菜，这个是苦菜，鸭子、大鹅都喜欢吃。

女孩二： 叔叔，别的菜不行吗？

冯老四： 曲莫菜和苦菜是大鹅最喜欢吃的，它们吃了这个菜去火，长得还快。行了，你们去采吧，别踩倒了地里的苗，别走远了，我回来时候接你们。

孩子们（异口同声地）：知道了叔叔。

△孩子们和丹丹在地里高高兴兴地采着曲莫菜和苦菜，冯老四赶车去林子里砍柴，有一群同龄孩子在身边帮助自己，丹丹

十分的兴奋，这也是丹丹离开爸爸妈妈后最开心的一天。篮子里装满了鹅食，孩子们脸上虽然脏兮兮的，却愈发体现出他们的可爱和天真。

王大锤：篮子都满了，咱们玩一会吧。

女孩一：咱们每人再采五趟。

王大锤：还采呀？篮子都装不下。

女孩一：你懂啥，咱们多采点，明天花花就不用采了，也有时间和咱们一起玩了。

丹　丹：不用，你们歇着，我自己采就行。

△几个孩子在地里来回地穿梭着，很快完成了所有的任务。丹丹采了一大捧小野花跑到同伴们身边。

女孩二：花花，你采这么多野花干啥?

丹　丹：这些花多漂亮，我把花送给你们，谢谢你们帮我采菜。

王大锤：这破野花到处都是，我才不稀罕。

女孩一：你不喜欢，我们稀罕！来，咱用这些花给花花扎个花环。

△孩子们把野花都给了小女孩，小女孩用这些野花扎了一个花环戴在丹丹的头上，丹丹戴着花环，十分的开心。

　　王大锤： 对了，咱们一起玩躲猫猫吧。

△孩子们很赞同，开始石头剪子布，王大锤输了，趴在地上，
　数着数字。大家四处跑开寻找藏身之地，孩子们在田间奔跑
　着、嬉戏着，银铃般的笑声回荡在田野中。

△冯老四赶着牛车拉着劈柴回到地头，只见篮子里装满了鹅
　食，地上又堆了一堆鹅食，却不见孩子们影子。

　　冯老四（大声地喊道）：花花，花花……

△听到冯老四的喊声，藏在野草中的丹丹就要站起来，被身边
　的小朋友拽住。

　　王大锤： 咱不出去，让叔叔找咱们，看他能不能
　　　　　　　找到咱们。

　　丹　丹： 不行，出去晚了，他会骂我的。

△丹丹还是担心被冯老四骂，从草丛中走了出来。

　　王大锤： 你可真没意思。

△王大锤也跟着丹丹走了出来，来到冯老四的身边，冯老四见
　丹丹衣服脏兮兮的，十分生气训斥着丹丹。

冯老四：你瞅瞅你的衣服怎么弄得这么埋汰？这
　　　　衣服不是花钱买的啊。丧门货，就知道
　　　　败家！

△丹丹低下头赶紧用手拍打着身上的尘土，但是由于采鹅食，
　衣服上还是粘上了野菜的菜浆，冯老四知道这个菜浆很难洗
　掉，上前用食指使劲地戳点着丹丹的头。

冯老四：我让你不听话，我让你不听话！采点菜
　　　　还把衣服弄脏了，这衣服不是花钱买
　　　　的？

△丹丹被冯老四戳疼了，便小声哭了起来，其他孩子也不敢吱
　声，女孩二过来拉住冯老四。

女孩二：叔叔，花花的衣服脏了我给洗，我会洗
　　　　衣服，洗不净让我妈妈给洗，你就别怪
　　　　花花了。
冯老四（并不理会女孩二，接着对丹丹大喊着）：
　　　　这野菜浆渍能洗掉吗？这衣服不白瞎了
　　　　吗？等你回家我再收拾你，还愣着干
　　　　吗？还不把鹅食扔车上去？

△丹丹赶紧把篮子放到车上，其他的孩子也帮花花把地上的曲
　莫菜、苦菜抱到牛车上。冯老四赶着牛车走了，丹丹和其他

孩子跟在后面，到村口的时候，其他孩子各自回家，只有丹丹在后面跟着，时不时地望着小伙伴的背影。

镜头	🎬 50	时间	日	场景	张绣花家	人物	冯老四、丹丹、张绣花

△冯老四把牛车赶回家，丹丹躲在杖子根处，也不敢出声，张绣花挺着肚子走了出来，看着丈夫往下卸劈柴，四处望了下。

　　张绣花：咦，花花呢？花花去哪了？

△冯老四还在生丹丹的气，大声地喊着。

　　冯老四：花花，花花。

△听到中年男人的喊声，丹丹从杖子的墙根处胆怯地走了出来，冯老四上前一把揪住丹丹的耳朵。

　　冯老四：你给我过来，犯了错误还想往哪躲？
　　丹　丹：我自己去洗，一定能洗干净的，一定能洗干净的。

△丹丹被吓得直哆嗦，浑身颤抖。张绣花上前甩开丈夫的手。

　　张绣花：你干吗，你干吗？干吗对孩子这么凶？

△冯老四一只手扯着丹丹的衣服，另一只手戳着丹丹的头。

冯老四：你看看，你看看这衣服弄这么多菜浆，
　　　　这衣服不白瞎了？

张绣花：一件衣服而已，埋汰了洗洗不就算了。
　　　　你在这训孩子干甚？

冯老四：这菜渍能洗掉吗？这小孩儿不是祸害东
　　　　西吗？敢情这不是她花钱买的！一点不
　　　　知道珍惜，败家小孩！

张绣花：怎么洗不掉？多泡一会就洗掉了，你一
　　　　天天能不能说点好听的，别再训花花
　　　　了，她还是个孩子而已。来，花花不
　　　　怕，走，跟妈妈进屋换件衣服，妈妈给
　　　　你把衣服洗干净了。

冯老四：自己的衣服自己洗，你别把我儿子累着
　　　　了，咱家不养阔小姐。

△张绣花也不愿意搭理丈夫，拽着丹丹的小手向屋里走去，回
　到屋里她给丹丹换了一件衣服，把脏衣服扔在水盆里，又从
　兜里掏出两块钱，递到丹丹面前。

张绣花：花花，去给妈妈买一包盐和酱油，妈妈
　　　　给你做红烧肉吃。

丹　丹：妈妈，买完回来，我洗衣服吧。

73

张绣花：花花真懂事，你还小，这个衣服脏得厉
　　　　害，你洗不净的，去吧给妈妈买东西
　　　　去。

△丹丹见中年女人没有生气的样子，高高兴兴地拿着钱向外
　　跑。

张绣花：慢点，花儿，别跌倒了。
丹　丹：嗯嗯，我知道了。

△张绣花端着盆，向盆里倒了一些洗衣粉和水浸泡上。

镜头	51	时间	日	场景	村里的小超市门口	人物	丹丹、王彩云、冯老四、孩子们等

△丹丹手里攥着钱来到超市门口，超市门口的空地上很多孩子
　　在玩扔口袋游戏，其中还有陪丹丹上山摘菜的王大锤，他看
　　见丹丹过来，喊着花花的名字。

王大锤：花花，回家你爸爸没打你吧？

△丹丹摇了摇头。

王大锤：那，花花，跟我们扔口袋吧。

丹　丹：妈妈让我来买酱油和咸盐。

王大锤：不着急，玩一会再回去，你自己整天在
　　　　家多孤单呀。陪我们玩一会吧，你出来
　　　　一趟多不容易。

△丹丹低着头站在原地呆呆地看着他们。

另一小孩：你就陪我们玩一会呗，来吧。

丹　丹：那我先去买咸盐和酱油。

王大锤：你要去超市吗？那是我家开的，走，我
　　　　陪你一起去！

△说着王大锤和丹丹一起走进超市。

王彩云：儿子，回来啦？想吃啥呀，一会让你爹
　　　　给你做呗？

王大锤：妈，我还不饿，这是冯叔叔家的花花，
　　　　来买东西。

丹　丹：王阿姨好，我要买一袋咸盐和一袋酱
　　　　油。

王彩云：你好，俺认得你。阿姨给你拿哈！这姑
　　　　娘真乖，整天大门不出，二门不进的，
　　　　真懂事，有你这个丫头，冯家可是烧了
　　　　高香了。

丹　丹：阿姨，我走了。

△望着丹丹的背影，王彩云轻轻地叹了一口气摇了摇头。

王彩云：唉，多好个丫头，可惜了，摊了一个酒
　　　　鬼的爸爸，好人落不到好人家呀！受了
　　　　苦咯。

△丹丹和大锤走出了小超市，孩子们看到他们回来了，喊着丹
　丹一起玩，丹丹流露出渴望的目光，但还是有些不敢玩，大
　锤把夺过丹丹手中的盐和酱油放在超市门前一个板凳上，拽
　着丹丹手拉入了孩子群中。

王大锤：来，花花，你和我们一帮，让他们打咱
　　　　们。

△孩子们开心地玩起了扔口袋的游戏。
△这时，冯老四从家的方向快步走了过来，孩子们玩得正在兴
　头上，没有看见他，丹丹躲闪着扔过来的口袋，满头的大
　汗。忽然丹丹的耳朵被中年男人揪住了。

冯老四：让你干什么来了？啊，说，让你干什么
　　　　来了！

△冯老四狠狠地踢了几脚丹丹的屁股给丹丹，王彩云看见冯老四打骂着丹丹，实在看不下去了。赶忙跑上前，一把拉开冯老四的手。

> 王彩云：冯家兄弟，你怎么这样对孩子？孩子爱玩是天性，玩一会你也用不着这样对待孩子吧？

> 冯老四：不是的，嫂子，你问问让她来干什么？要是等她把咸盐和酱油拿回去，这饭啥时候吃？满脑子都是玩的心。

> 王彩云：你看看这帮孩子，哪个不是在一起玩，你整天把这孩子关在家里，大门不许出，就知道让孩子给你干活，这时间一长，你不把孩子憋傻了？有你这样的爹对待孩子的吗？

> 冯老四：用不着你操心，我家的事用不着别人瞎喳喳。

△说着冯老四使劲地扒拉着丹丹的头。

> 冯老四：你给我滚回家去，你要是再敢出来玩我就打断你的腿。

> 王彩云：呸，从来没见过你这样的爷们！

△无论大家怎么说，冯老四也不理会，拽着丹丹往家里走去。

镜头	52	时间	日	场景	冯老四家	人物	张绣花、丹丹、冯老四等

△冯老四一手拿着咸盐和酱油，一手拎着丹丹的后衣服领子走进了院子。丹丹眼里流着泪水，中年女人看到了赶忙从屋里走出来。

张绣花：干吗，干吗？你这把孩子吓着了。

冯老四：你问问她干吗去了？说，你干吗去了？

△丹丹被吓得双手抹着眼泪，泪眼婆娑地望着张绣花并说。

丹　丹：我和同伴们在超市门口玩口袋了，忘记先把咸盐和酱油拿回家了，我再也不敢了，再也不敢了。

△张绣花把丹丹搂在自己的怀里。

张绣花：孩子就玩一会能怎么的，你就不能先把酱油拿回来？花花不哭，以后再买东西，先送回家再出去和小伙伴玩。

丹　丹：我记住了，我再不出去玩了，再不出去玩了。

张绣花：你看看，你看看！你把孩子吓成什么样
　　　　了？

冯老四：就知道玩，我要是不去喊她回来，这饭
　　　　还不知道什么时候吃。

张绣花：吃，吃，吃，你就知道吃，晚点吃能饿
　　　　死你呀！

冯老四：怎么的？我管孩子还管出错了？这孩子
　　　　我要是不管将来还不知道会野成啥样
　　　　了。

△张绣花也不理会丈夫，哄着丹丹向屋里走去。

张绣花：花花，咱去把脸洗洗，这脸哭的花里胡
　　　　哨的，像只小花猫。

△说着用手轻轻刮了一下丹丹的小鼻子。
△几只小鹅子叫唤着走到屋门口，丹丹看到了小鹅子，看着中
　年女人。

丹　丹：鹅子饿了，我去给小鹅子喂食。

张绣花：去吧，喂完了把脸洗洗。

△丹丹搬过来一个圆的菜墩，抱了一些曲莫菜、苦菜放在菜墩
　上，用一把破旧的菜刀剁着鹅食，剁了半盆，又去用瓢装了

一些玉米面，倒上水搅拌喂给小鹅吃，丹丹坐在小板凳上用双手支着下颚满足地看着小鹅吃食。

镜头	53	时间	日	场景	野外山坡上	人物	丹丹

△空旷的上坡上，空无一人，丹丹采鹅食的孤独身影。

镜头	54	时间	日	场景	野外的小路上	人物	丹丹

△丹丹扛着装满布袋的鹅食，跟跟跄跄地走在泥泞的小路上。

镜头	55	时间	日	场景	山上灌木林中	人物	丹丹、冯老四

△瘦瘦小小的丹丹跟着冯老四到山上砍柴。

镜头	56	时间	黄昏	场景	湖边	人物	丹丹

△丹丹坐在湖边的小石头上，眺望着远方，眼里浸满泪水。

镜头	57	时间	夜	场景	冯老四家中	人物	丹丹、冯老四、大夫、张绣花、王彩云

△张绣花躺在炕上，满头大汗地准备待产。冯老四去村里卫生所找大夫来接生，丹丹又是忙着在灶前烧水，又要去拿毛巾给中年女人擦汗，张绣花看到忙忙碌碌的丹丹，心疼地握着她的小手，露出了欣慰的笑容。

△丹丹焦急地站在门口，冯老四领着村卫生所的接产大夫急匆匆地回到家里，他一个转身，丹丹躲闪不及，被冯老四撞到一边，丹丹的头碰到了门框上，一下子坐在地上，冯老四狠狠地回头看了一眼丹丹。

冯老四（嘴里嘟囔着）：上一边去，别在这碍手碍脚的。

△丹丹捂着头站起来到炉灶前添柴烧水，她很担心张绣花，时不时地向屋内张望着。

△终于，屋内传来了一声婴儿的哭声，冯老四和接生大夫走出屋子。

大　夫：孩子挺健康的，千万别让张绣花和孩子受凉了。

冯老四：谢谢您，放心吧，俺一会就去杀鸡，好好地慰劳慰劳俺媳妇。

大　夫：回去吧，有事再去卫生所喊我。

冯老四：好好，不能少麻烦您了。

△送走了接生大夫，冯老四高高兴兴地小跑回到屋子里，俯下身子看着孩子，满是欣喜。

冯老四： 儿子，叫爸爸，叫爸爸呀。

张绣花： 瞧把你急的，现在好了，姑娘有了，儿子也有了，咱家也不比别人家差啥了。

冯老四： 姑娘算啥？她就是来给咱干活的。这儿子才是我亲生的，以后我想办法多挣钱，让我儿子不愁吃，不愁穿，要啥有啥。

△张绣花见丈夫对丹丹还是有些不能接纳，也只好轻轻叹口气，低头看着刚刚出生的儿子。

冯老四： 我马上去把咱家最老的那只老母鸡杀了，给你炖党参，好好地补补身体。

△说完中年男人转身出去杀鸡，张绣花见丹丹靠在门框上看着自己，便招手叫丹丹来到自己身边。

张绣花： 来，花花，到这来。

△丹丹爬上炕看着刚出生的孩子。

张绣花： 花花，看看这是你的小弟弟，好看不？

△丹丹乖巧地点了点头。

张绣花：等小弟弟长大了，你也好有个伴，不至
　　　　于那么孤单呀，是不是？

丹　丹：那小弟弟啥时候能长大？

张绣花：很快的，也就一眨巴眼的工夫。

冯老四（忽然喊道）：花，出来跟我干活。

△张绣花本并不想让丹丹出去，但她身体虚弱，有气无力的，
　　也无心和丈夫争辩。

张绣花：爸爸喊你了，去帮帮爸爸，等妈妈好了
　　　　就不用你了。

△丹丹点了点头，又看了看新生的弟弟，爬下炕，走了出去。
△在院子里冯老四把已经杀好的鸡从热水桶里拿出来摘着鸡
　　毛，斜眼看着丹丹。

冯老四：你赶紧地把这鸡毛摘干净了。

△丹丹看见杀死的母鸡脖子鲜血淋淋的，有些胆怯，不敢向前
　　靠。

冯老四：我说话你听见没有？你在那站着干吗？

△丹丹用胆怯的眼光看着冯老四。

冯老四： 我说不动你了是不是？最后一遍，你给
我把鸡毛摘干净了！

△说着，冯老四揪起丹丹的耳朵，把她拽到桶前，拿起母鸡塞
到丹丹的手里。丹丹手里拿着鸡扔又不敢扔，吓得闭着眼
睛。
△这时超市家的王彩云拎着一筐鸡蛋走进了院子，看见了冯老
四训斥着丹丹。

王彩云： 大兄弟，你这是干啥，她还是一个孩子
啊。

冯老四： 哎哟，嫂子，你咋来了？

王彩云： 听说张绣花生孩子了，我送一筐鸡蛋过
来，给张绣花补补身子。

冯老四： 哈哈，不用的大嫂，你们能来看看就
行，让你们费心挂着了。

王彩云： 咱这乡里乡亲的，也就这点习俗，这也
不是花钱买的，都是自己家鸡下的，孩
子怎么样？挺好的吧？

冯老四： 哎呀，我儿子可好了，胖乎乎的，你快
来看看，快进屋坐吧。

△王彩云边向屋内走着，边回头看了看丹丹。

王彩云：花花，把鸡放下，一会阿姨给你收拾。

△丹丹双手抱着鸡，可怜巴巴地望着王彩云。冯老四赶紧在前
　面领路送王彩云到屋里。
△张绣花躺在炕上，看见邻居大嫂来了，想起身。

张绣花：来了嫂子，快坐。

王彩云：你这是干啥，赶快躺下，你现在身子
　　　　弱。

冯老四：嫂子还给你拿了一篮子鸡蛋哩。

张绣花：嫂子，您能来看我，我就开心死了，这
　　　　还让您破费了。

王彩云：你好不容易有个孩子，嫂子也高兴。哎
　　　　哟，看看，这小家伙多精神呀！

冯老四：大嫂您坐着和张绣花唠，我去干活了。

王彩云：去吧，去吧，你去忙你的吧。我陪张绣
　　　　花唠一会。

△冯老四回到院子里，看见丹丹还抱着鸡站着，十分生气地走
　　了过去，用手指点着丹丹的脑门。

冯老四：我白养你了，天天供你吃，供你喝，干
　　　　点活儿怎么就这么费劲。

△屋内的王彩云和张绣花都听到了冯老四训斥丹丹的话。

王彩云： 我说张绣花，你们这么对待花花可真不
应该，毕竟她还是个孩子，才多大，她
懂什么？就让她干那么多活。

张绣花： 我没少说我们那口子，因为花花我俩没
少吵架，在他的心里始终过不了这道
坎，也许当时就不应该买回来这个孩
子。

王彩云： 我们当邻居的也不好说啥，毕竟是你们
家的事，但是我们看到了心里真不好
受。好了，张绣花，你也好好休息，我
去帮花花把鸡收拾了。

张绣花： 大嫂，不用，让我们家那口子弄。

△王彩云摆了摆手，走出了屋子，来到院子里。

王彩云： 大兄弟，来吧，我给把鸡收拾了。

冯老四： 哎呀，不用嫂子，让花花干。

王彩云： 这还叫活呀，嫂子收拾小鸡可快了，一
会就完事。

冯老四： 哎，真是的，还的麻烦嫂子。花，你好
好看着，学着点，看大姐是怎么收拾
的，别让你干啥活儿都不会。

王彩云：大兄弟，你后面的话我可不愿意听，花花毕竟是个孩子，能干啥？远亲不如近邻，咱就是一家人，你呀，得改改你的臭脾气。

冯老四：这小孩子啊可不能惯着，从小就得学会干活，不让她大小事都干，长大了还不是个吃闲饭的？

王彩云：这都啥年代了，你看看村里这些孩子哪个像花花这样干活的？俺家大锤不整天在外面野着吗？行了，你去干你的活吧，我和花花把小鸡在这收拾了。

△冯老四狠狠地瞪了丹丹一眼，又笑呵呵地向王彩云鞠了一躬。回到厨房，给张绣花淘小米做粥，又在锅里放了一些红皮鸡蛋。

△院子内，王彩云很快将小鸡收拾干净，放在盆里，对屋内喊道。

王彩云：大兄弟，小鸡收拾完了，我走了啊。

△冯老四赶紧地走了出来。

冯老四：嫂子，谢谢您啊，在家吃完走吧。

王彩云：我超市还有事，离不开人。对了，你给张绣花买点猪蹄，猪蹄下奶的。

△王彩云弯下腰拍了拍丹丹的衣服，笑眯眯地对丹丹说道。

> 王彩云：花花，要经常到阿姨家去玩哈，你大锤
>   哥成天念叨你，要和你一起玩口袋呢，
>   等你来给你做好吃的哦。

△丹丹看到善良的王彩云，也笑了笑并点了点头。聊天中丹丹
    将王彩云送到门外，俩人挥了挥手，道了别。
△屋内传来张绣花的喊声。

> 张绣花：花花，花花……来快进屋。

△听到张绣花的喊声，丹丹赶忙跑回来走进了屋内。

> 张绣花：来，花花，脱了鞋上妈妈身边来。

△丹丹上了炕坐在张绣花的身旁。

> 张绣花：花花，爸爸说你，你生气不？

△丹丹低着头摆弄着自己的小手，不言语。

> 张绣花：花，爸爸就是那样一个脾气，毕竟他也
>   是爸爸呀，别恨爸爸，等妈妈好了，就
>   不用你干活了。

镜头	58	时间	日	场景	村里超市	人物	王彩云、王亮

△王彩云回到家里的超市。丈夫王亮正在家里收拾柜台。

王　亮：回来啦？咋样呀？

王彩云：这张绣花家有了自己的孩子，也算是儿女双全了，我看那都是花花带来的福。

王　亮：可人家不是这么认为的，花花这孩子摊上这么一个爸爸，怕是没好呀。

王彩云：可不是吗，说起来冯家的小子太不是东西了，整天就知道喝，在我这我说他好几次，也不改改臭脾气。

王　亮：人家的事咱也干涉不着，看着花花的样子怪可怜的，唉，以后叫花花常来咱家玩，你给她做好吃的吧！也让孩子收获一点爱。

镜头	59	时间	夜	场景	冯老四家中	人物	丹丹、冯老四、张绣花

△冯老四在炕上摆上小桌子，端上来了小米粥、炖鸡和几个红皮鸡蛋，给妻子盛了小米粥。

冯老四：来，开饭了，有小米粥，还有鸡蛋，对
　　　　了多喝点鸡汤，鸡汤即补身子又下奶，
　　　　让我儿子吃得饱饱的。

△张绣花拿起一个鸡蛋递给丹丹。

张绣花：花花，来你也吃个鸡蛋。

△丹丹伸出黑黑皱皱的小手，接过张绣花递过来的鸡蛋，冯老
四一下子从丹丹的手中夺回了鸡蛋。

冯老四：小孩子吃什么吃，这哪是你吃的东西。

张绣花：你干啥？孩子吃个鸡蛋能怎么的？咱家
　　　　还缺鸡蛋吗？

冯老四：这鸡蛋是给你补身体的，人家都说坐月
　　　　子应该多吃红皮鸡蛋，一个小孩子也不
　　　　坐月子，有什么好吃的？

张绣花：我说你这人怎么这样？一个孩子吃个鸡
　　　　蛋你都不让，这孩子在我们身边，她不
　　　　吃，我能吃下去吗？你对花花太苛刻了
　　　　吧！

冯老四：外面有我们吃的饭，炖的豆腐还有馒
　　　　头，我告诉你花花，以后你妈妈吃饭的
　　　　时候不许给我进屋来，走，花花跟我到
　　　　外屋吃饭去。

△说着冯老四就去拉丹丹下地。

△张绣花见丈夫这样对待丹丹，非常生气，将手中的碗筷扔在桌子上。冯老四见妻子生了气，开始安抚妻子的情绪。

> 冯老四：你看看，咋还生气了？俺也没说就是不让她吃，俺也不舍得吃，就想你多吃点嘛。好了，好了我错了。

△冯老四斜眼瞅了瞅盘子里的鸡蛋，挑了一个最小的鸡蛋递给丹丹。

> 冯老四：这把行了吧？走到外屋跟我吃饭去。

△丹丹跟着冯老四到外屋的桌子上，一手握着鸡蛋，一手拿了一个馒头开始吃饭。冯老四给自己倒了一杯酒，也坐下来吃饭。

> 冯老四：花花，以后呀，听爸爸的话，妈妈吃饭的时候，咱别去妈妈身边，妈妈刚生完小弟弟，身体不好，咱家的好吃的应该多给妈妈吃，你要是在妈妈身边，妈妈吃得就少了，吃得少小弟弟就没有奶吃，是不是？

△丹丹听了冯老四的话，点了点头，很不舍得地把手中的鸡蛋放在桌子上。

△此时，屋内的孩子哭闹了起来，冯老四赶紧放下手中的碗筷，跑到屋里去，伸手要去抱孩子。

张绣花：哎呀，你抱孩子干啥，一定是孩子拉了、尿了才哭闹的。

△冯老四笨手笨脚地打开孩子身上的毯子。

张绣花：看你笨手笨脚的，抱过来，给我吧。

△张绣花打开包着孩子的小毯子，给小孩子换完尿布，将尿褛子递给冯老四，冯老四拿着尿布走出屋子，对着吃饭的丹丹说。

冯老四：花花，你待会再吃，赶快把这些洗了。

△丹丹拿着尿布到院子里去洗，凉凉的水冻得小手发麻。丹丹抬起头，努力不让眼中的泪水流出来，因为她怕冯老四看见，又要责骂她不会干活。

镜头	60	时间	夜	场景	冯老四屋内	人物	丹丹，冯老四、张绣花

△晚饭过后，丹丹收拾好家里的一切，爬到了炕上。她趴在小孩子的身边，眨着大大的眼睛，双手支撑着小脸，看着可爱的小弟弟。

张绣花：花花，喜欢小弟弟吗？

丹　丹（点了点头）：喜欢，我能摸摸弟弟吗？

张绣花：当然能啦，他是你的小弟弟，怎么不能摸？将来呀，小弟弟陪你一起玩。

△丹丹轻轻地抚摸弟弟的脸，脸上有一种说不出的幸福。忽然，丹丹好像想起来什么事情，跑下炕，去拿自己的衣服，从兜里掏出了今天冯老四给的红皮鸡蛋，但是鸡蛋已经被压碎了壳。

丹　丹：妈妈，弟弟能吃鸡蛋吗？这是我给弟弟留的。

△张绣花看到这一幕，泪水一下子流了出来，一下子把丹丹抱在怀里，满脸的愧疚和心疼。

> 张绣花：花花，你怎么这么傻呀？给你的鸡蛋为
> 　　　　啥不吃呀？以后不要在外屋吃饭了，就
> 　　　　跟妈妈吃。
>
> 丹　丹：妈妈生小弟弟身体不好，花花不跟妈妈
> 　　　　一起吃，花花跟爸爸一起吃。
>
> 张绣花：花花，我的好花花，我真是幸福，有你
> 　　　　这个又乖又漂亮的好女儿。

张绣花将丹丹紧紧地抱在怀中，泪水已经止不住地流。

镜头 61	时间	日	场景	冯老四家里	人物	丹丹，冯老四、张绣花

△清晨，家家的屋顶炊烟升起，冯老四在院子里用斧头劈柴，
　　丹丹坐在院子里用菜刀剁着鹅食，剁完鹅食，又去仓房里拿
　　出了玉米面与鹅食搅拌。喂鹅结束后，又拿玉米粒喂鸡。

> 冯老四：花花，一会你去湖边打水。对了，别忘
> 　　　　了一起把尿褯子洗了。

△丹丹呆呆地点了点头。看张绣花还睡着，她悄悄地推开门，
　　走进屋子，将晚间的尿褯子放入桶里，端着桶向山下的湖边
　　走去。

镜头	62	时间	日	场景	湖边	人物	丹丹

△在晨阳的照射下，丹丹在湖边洗着尿褥子，那一双小手使劲
地揉搓着尿褥子，在宽阔湖面的对比下，丹丹显得是那么的
弱小。离开亲生父母，被卖到这遥远的村庄，失去快乐童年
的丹丹与美丽的湖面形成了强烈反差。丹丹很快将尿褥子洗
净，并打上两桶水，挑起扁担向家走去。

镜头	63	时间	日	场景	超市门口	人物	王彩云、丹丹

△在回家的路上，路过王彩云的家门口，王彩云刚刚起来，打
开超市的大门，碰见了挑着水桶回家的丹丹。

王彩云：哎呀，花花，这么早就去打水了？

丹　丹：阿姨，我去湖边打水，顺便洗褥子了。

王彩云：这哪是你这孩子做的事呀，唉！以后阿
　　　　姨过去帮忙，褥子呀，你就不要洗了。

丹　丹：没事阿姨，我能洗。

△王彩云蹲下来握着丹丹冻得红通通的小手，自言自语道。

王彩云：唉，苦命的孩子呀。

镜头	64	时间	日	场景	冯老四家	人物	丹丹、冯老四、张绣花

△丹丹回到家里把洗干净的褥子一块块地晾在杖子上，冯老四已经做好了早饭，喊着丹丹吃饭。丹丹走来，桌子上已经摆上了馒头、大米粥和一小碗咸菜，看见屋内的张绣花坐在炕桌上吃着丈夫做的月子饭。张绣花看见丹丹呆呆地站在屋外，大声地喊着丹丹。

张绣花：花花，快到妈这屋来。

△听到张绣花叫自己，抬头看了看坐在桌前的冯老四。看到冯老四用眼瞪着自己，知道养父不让自己进屋，于是就走到外屋桌子前，拿起筷子低下头喝大米粥，夹了一口咸菜放在嘴里。屋内又传来张绣花的喊声。

张绣花：花花，妈妈叫你听到没有？快点来呀！

△丹丹又看了看冯老四，冯老四根本没有让自己进屋的意思。

丹　丹：我们有饭吃，我不进屋了。

△冯老四见丹丹不进屋，便安下心来吃饭。

△张绣花怎么喊丹丹也不进屋，就自己拖拉着鞋，端着一个装
　有鸡大腿的碗走了出来，冯老四见妻子下地，赶紧放下手中
　的碗筷。

　　　冯老四：我说你怎么还下地了，坐月子不能下地
　　　　　　　的，有啥事叫我不行吗？

△张绣花并没有搭理丈夫，径直来到丹丹身边，把碗放在桌子
　上。

　　　张绣花：花花，快把这个鸡肉吃了。

△丹丹抿了抿嘴唇，咽了下口水，不敢抬起头，用眼睛悄悄地
　瞅了一眼冯老四，只见冯老四将碗筷放在桌子上，斜眼瞪着
　自己。

　　　丹　丹：我不吃，妈妈吃了身体好，弟弟有奶
　　　　　　　吃。
　　　冯老四：这饭怎么的？还填不饱肚子？我能吃，
　　　　　　　花花吃不得吗？

△张绣花不理会丈夫，端起呈有鸡肉的碗，拉起丹丹的小手。

　　　张绣花：花花，走，进屋和妈妈吃。
　　　丹　丹：妈妈，我能吃饱。

△张绣花一边拉着丹丹的手，一边拿着碗走进屋内。丹丹在张
　绣花地拉拽下，还不时地回头看看冯老四，只见冯老四十分
　生气地将粥倒进锅里，没好气地收拾着桌子，嘴里嘟嘟囔囔
　地说着什么。

△在屋内，张绣花又给丹丹扒了两个鸡蛋放在粥碗里。

　　　张绣花：花花，昨晚妈妈不是跟你说了吗，以后
　　　　　　　就陪着妈妈吃饭。

△丹丹低头不语。

△张绣花把鸡肉撕成小块放在丹丹的碗里。

　　　张绣花：花花，快吃吧，这鸡肉很香，妈妈吃不
　　　　　　　了这么多，花花也跟着吃。

△丹丹端起碗来，喝了一口粥，感觉是那么的香，用筷子夹了
　一小块鸡肉放在嘴里，使劲地品尝着鸡肉的味道。

△这时，屋外传来丈夫的喊声。

　　　冯老四：花花，吃点就行了啊，赶快去把羊放
　　　　　　　了。

△听了冯老四的话，丹丹放下手中的碗就要出去放羊，被张绣
　花按住。

张绣花：你不喊能死呀，花花还没吃完饭。不着
　　　　急，花花，把饭吃完。

△丹丹很担心冯老四发脾气，加快了吃饭的速度，很快地将碗
　　内的粥和鸡肉吃了，留下了两枚鸡蛋。

张绣花：花花，快把鸡蛋也吃了。
丹　丹：妈妈，我吃饱了，鸡蛋留给妈妈吃。
张绣花：妈妈这还有这么多，快把鸡蛋吃了。

△丹丹并没有吃鸡蛋，麻溜利索地下了地，张绣花叹了一口
　　气，忽然又喊着丹丹。

丹　丹：妈妈，还有事吗？

△张绣花拿起两个没有剥皮的鸡蛋放在丹丹的兜里。

张绣花：放羊的时候，饿了好吃一口呀。
丹　丹：妈妈我不要。
张绣花：花花听话，妈让你拿着你就拿着。

△说着张绣花强行把鸡蛋塞进丹丹的衣服兜里。丹丹跑出了屋
　　子，到仓房里拿出一个布袋，来到羊圈赶着羊走出了院子。

镜头	65	时间	日	场景	放羊路上	人物	丹丹、同村小伙伴

△丹丹赶着羊，碰见了几个年龄相仿的同村小伙伴。小伙伴们都齐刷刷背着书包上学，一个小女孩主动和丹丹搭讪。

小女孩：花花，你家怎么不让你去上学？

丹　丹：爸爸说我不用上学的，让我把羊放好。

小女孩：你都多大了还不上学，那等到啥时候上学呀？再大了老师都不要你的。

小男孩：咱不搭理花花，她整天就知道放羊，采鹅子食，也不跟咱们一起玩。

△丹丹听到这话，呆呆地站在原地看着小伙伴，露出伤心的表情。

小女孩：就你话多，是花花的爸爸不让花花出来玩，和她有什么关系。花花，我们上学去了，等周日的时候，我跟你去放羊，采鹅子食。

△丹丹点了点头，一语不发地赶着羊，还时不时地回头望着小伙伴们上学的背影。她回忆起以前在学校，和小朋友们一同

玩耍的情景，又不禁潸然泪下，她想念自己的学校，想念自己的父母。

镜头	66	时间	日	场景	山坡上	人物	丹丹

△丹丹赶着羊来到山坡上，羊儿四处无忧无虑地吃着青草，丹丹把布袋放在一块石头上，坐了下来，望着远处的大山和空旷的湖面。她从兜里拿出了张绣花塞进自己兜里的两个鸡蛋，对比着鸡蛋的大小，还时不时地放在自己的鼻子上闻闻鸡蛋的味道，几次想把两枚鸡蛋相碰一下，吃掉一枚，但是又舍不得，最后还是将鸡蛋放回兜里，把装有鸡蛋的衣兜向腰前挪了挪，生怕鸡蛋从兜里掉了出来。

△丹丹跟着羊儿来到一片刚发芽的玉米地旁，丹丹掏出了一把小铁铲，抠挖着地里的蒲公英，把蒲公英放进布袋子，渐渐地装满了一袋子，弱小的丹丹扛着布袋来到一棵避荫的树下，歇了一会。丹丹找到泉水喝了几口，也有点饿了，从兜里拿出来两个鸡蛋看了看，磕碎了一个，扒皮后一点点地放进嘴里，细品着鸡蛋的味道。吃了一个鸡蛋，丹丹还是没有填饱肚子，拿起剩下的一个鸡蛋想继续吃，刚刚拿出来，又慢慢地放了下来，把鸡蛋放在泉水里洗了洗，放回了兜里。

△休息片刻后，丹丹掸了掸身上的灰尘，去找羊。

镜头	67	时间	日	场景	回家路上	人物	丹丹

△中午时分，丹丹肩上扛着装满蒲公英的布袋，手上拿着一根树枝跟在羊的后面，不知不觉中已经大汗淋漓，丹丹时不时地用小手擦去头上的汗。

镜头	68	时间	日	场景	超市门口	人物	丹丹、王彩云

△丹丹扛着布袋路过超市门前时，被王彩云遇到，王彩云很热情地从屋里走出来。

    王彩云：哎哟，我的丫头呀，累坏了吧，快放下歇歇。

△说着把丹丹肩上的布袋接过放在地上，心疼地用手给丹丹擦了擦脸上的汗水。

    王彩云：作孽呀，这么好的一个孩子怎么落到这么一个家。花花，坐着歇歇，阿姨给你拿根冰棍吃。

△王彩云拿出一根冰棍给丹丹。

王彩云：来，花花，吃根冰棍，凉快凉快。俺家
　　　　你大锤哥哥最爱吃这个菠萝口味的了，
　　　　我猜你也爱吃，快尝尝。

丹　丹：谢谢大娘，但我能不要，我没有钱。

王彩云：傻丫头，吃吧，大娘不要钱。

丹　丹：我不吃，大娘，爸爸不让我要别人家的
　　　　东西。

王彩云：你不说俺不说，他咋能知道。吃吧，乖
　　　　孩子。

△说着，王彩云硬将菠萝冰棍塞进丹丹的手里。

王彩云：你这孩子，自打你来到村里，我就没看
　　　　见过你到超市买过你吃的东西，不是买
　　　　酱油就是买咸盐，以后你想吃啥直接来
　　　　大娘这拿就行，不要你钱。

△这是丹丹离开亲生母亲之后，第一次吃到零食。她欣喜若
　狂，小心翼翼地拿着冰棍，用嘴轻轻地抿上一口。

丹　丹：谢谢大娘，这真甜。

王彩云：好吃就行。花花，以前没吃过吧?

△听了王彩云的话，丹丹停了下来，低头不语。

103

镜头	69	时间	日	场景	回忆画面	人物	丹丹、张振、小娟

（1）超市

△一个周日的午后，丹丹在亲生父母张振和小娟的陪伴下，在超市里，丹丹用手指着货架上的小食品。

丹　丹：妈妈，我要这个，这个好吃。

小　娟：好，来给丹丹买这个。

△丹丹挑了好多的儿童食品，装了满满的一方便袋，丹丹高兴得又蹦又跳，无忧无虑开心的样子。

△走出超市，丹丹看见门口卖雪糕的冰柜，丹丹告诉妈妈要吃冰激凌，小娟给买了之后，丹丹开心地边走边吃。

（2）儿童娱乐场

△丹丹和妈妈坐着公园里的旋转木马，开心地笑着。张振在旋转木马外围，给丹丹拍照。每次转到爸爸这里时，丹丹就会做出很多俏皮的动作，逗得爸爸妈妈哈哈大笑。

镜头	🎬 70	时间	日	场景	村里超市中	人物	丹丹、王彩云

△丹丹低头回想着以往和亲生父母在一起的开心时刻，忘记了手中的冰棍，冰棍已经开始融化滴水。

　　王彩云：孩儿呀，冰棍都化了，想什么呢？

△丹丹回过神来，赶紧地继续吃着冰棍。
△远处冯老四到超市来买东西，远远地看见丹丹坐在超市门口吃冰棍，便加快了脚步。冯老四气冲冲地来到丹丹的面前，一把把丹丹的手中冰棍打在地上，丹丹被吓得惊恐地站了起来。

　　冯老四：不要脸的丧门，谁让你出来买东西吃了？你哪来的钱？是不是在家偷钱了？

　　丹　丹（呜呜哭起来）：我没偷钱，我没买冰棍。

△丹丹说着委屈地用一只手臂擦眼泪，被养父吓得面色苍白。

　　冯老四：没买冰棍？这是啥？你说这是啥？你不是以为我是瞎子吧？

105

△王彩云很气愤，一把将冯老四推开。

王彩云：冯家兄弟你干啥？不分青红皂白就上来
　　　　责怪孩子，你看看把孩子吓成什么样？

冯老四：大嫂，这看这孩子竟然学会偷钱买东西
　　　　吃了，不打她说不过去，她不长记性
　　　　啊！

王彩云：偷什么钱？买什么东西？这冰棍是我给
　　　　的，不要钱的。

冯老四：大嫂你……

王彩云：我什么？我说大兄弟，不是我说你，全
　　　　村的人都看得到，你老冯家对花花怎么
　　　　样？不管怎么说，花花是个孩子，也是
　　　　人，放羊回来，还扛着个袋子，我看花
　　　　花怪可怜的，给了花花一根冰棍吃，你
　　　　至于对孩子这样吗？

△冯老四知道自己理亏，不能再和王彩云理论什么，只能上前
　　拽着丹丹。

冯老四：走，跟我回家，以后不许再到这里给我
　　　　丢人现眼的。

△说着，冯老四狠狠地把地上的冰棍踩碎，一手拽着丹丹瘦小

的胳膊，一手拎着布袋子向家走去。

△王彩云无奈地看着眼前的一幕，摇了摇头。

王彩云（自言自语）：可苦了这孩子了，你说这
　　　是啥人呀，唉！

镜头	71	时间	日	场景	冯老四家	人物	丹丹、冯老四、张绣花

△冯老四让花花站在院子中罚站反省，丹丹用恐惧的眼神望着
　　冯老四，冯老四一边背着手在院中踱步，一边继续训斥着丹
　　丹。

冯老四：你丢不丢人啊？你丢的不是你自己的
　　　人，而是把我们老冯家的人丢尽了，一
　　　根破冰棍有什么好吃的？丢人现眼的玩
　　　意，就那么嘴馋吗？

△冯老四一边训斥着丹丹，一边用手指点着丹丹的脑门。丹丹
　　的眼泪夺眶而出，她狠狠地咬着已经发紫的嘴唇，一句也不
　　敢反驳，低着头听着冯老四的训斥。
△屋内的张绣花听到了冯老四怒气冲冲地训斥丹丹，不知道发
　　生了什么事情，走出屋来。

张绣花：你又干吗？花花又怎么了？

冯老四：你说怎么了？啊，跑人家王大嫂超市要
冰棍吃，没钱你吃什么冰棍？把我们老
冯家的脸丢尽了。

张绣花：孩子吃根冰棍怎么了？你把钱送去不就
完了吗？以后你定期给花花零用钱，不
就没这事了，就知道吵吵。来，花花，
进屋到妈妈这里来。

冯老四：你敢进屋去？进屋我打断你的腿，上墙
根儿站着去。

△丹丹一动不动，止不住的泪水顺着丹丹的脸蛋流下。
△冯老四转头走进了屋里。

张绣花：你怎么总是说花花，你也真是的，我说
多少次了，你咋不听呢？

冯老四：这就是惯的毛病，你说咱家是缺吃的还
是缺穿的？没钱到超市要东西吃，这不
是丢咱的脸吗？这要是不管，将来还不
知道惯出什么毛病来。

张绣花：我说你也真是的，花花到咱家够省心的
了，咱给孩子买过什么零食？花花跟你
要过一分钱吗？咱呀不能不知足，花花
是个好孩子。

冯老四：要钱？凭什么跟我要钱？她又不是我的
　　　　亲闺女，有钱也得给我儿子攒着，给她
　　　　吃穿就已经不错了。

张绣花：你咋这样说话呀？花花不是你的女儿？

冯老四：我女儿？她身上有我的血吗？我告诉你
　　　　张绣花，压根儿我就不同意买，反正现
　　　　在我有儿子了，花花就无所谓了，家里
　　　　的钱以后必须我来掌管。

张绣花：你就造孽吧你。你不对花花好，我对花
　　　　花好。你给我滚出去。

△张绣花推开冯老四，大声喊着花花的名字，站在墙根儿的丹
　丹根本不敢进屋。冯老四怒气冲冲地走出屋子，将房门狠狠
　地一摔，离开了家。屋内，张绣花继续喊着丹丹进屋，丹丹
　看到远去的养父，离开了墙根儿，回到屋里。
△屋内张绣花给丹丹擦着眼泪安慰着丹丹。

张绣花：花，别哭，等妈妈坐完月子，能出门了
　　　　就给你买很多很多好吃的。

丹　丹（哽咽着回答）：我不要，我不花钱，钱
　　　　给弟弟留着。妈妈今天那个冰棍是大娘
　　　　给我的，不是我自己想吃的。

△张绣花含着泪，点着头，紧紧地攥着丹丹的小手。

张绣花：我当时就不应该让你到家，你要是落个
好人家，也不至于到今天这样，都是妈
当时太固执了。你放心，花，无论怎么
样，你都是我最宝贝的女儿。

镜头	72	时间	夜	场景	冯老四家	人物	丹丹

△夜幕降临，丹丹刷完碗之后，拿着小板凳独自坐在院子里，
望着漫天星斗和那一轮皎洁的明月。

镜头	73	时间	日	场景	村委会	人物	冯老四

△第二天，冯老四来到村委会，想给儿子开出生证明。

村主任：有事呀？

冯老四：村主任，俺家壮壮都满月了，我想孩子
开个出生证明，好给孩子落户口呀。

村主任：行，我这就给你开。

△村主任打开抽屉，拿纸给开证明。开完证明之后，冯老四忽
然又想起什么事来，问着村主任。

冯老四：村主任，还求您个事呗？

村主任：啥事？说，都是一个村的，有啥求不求的，能办的我能不给办吗？

冯老四：您看，我家花花来这也好几年了，一直没落户口，您看能不能一起把证明开了？我把户口都落上。

村主任：你想啥呢？落户口就那么简单？得有医院的证明，需要好多手续的，花花也不是你亲生的，谁能给你开这个证明，

冯老四：花花怎么也得有个户口呀，您是村主任，路子也广，看看您给想个法子。

村主任：这法子我想不了，落户口也不是村里说的算，你得去找派出所呀。

冯老四：你这不开证明，我去派出所人家也不给落呀，不行，求求您就给开个证明吧，好不村主任？

村主任：你以为派出所是咱村里开的？我开个证明就好使？你咋想的，这个证明开不了，花花落户的事你还是想别的办法吧。

冯老四：我就是一个种地的农民，我能有啥法？我也是村里的一员，这事呀，村主任你还得给我想想办法。

村主任：我真是无能为力，但听说有人能买户

口，不行你打听打听，看看谁有这个门

路。

冯老四：买户口？这得花好多钱的，我买了花花

就花掉了我家六千多，还要花钱买户

口？

村主任：那是你自己愿意买的，我又没动员你去

买，行了快回去吧，没别的事我也要到

村里看看。

冯老四：哎呀，村主任，你就帮我想个法儿呗。

村主任：我没有啥法儿，别磨叽了，这事你自己

想办法吧。

△村主任说着就向外走，锁门，冯老四唉声叹气地走了。

镜头	74	时间	日	场景	冯老四家里	人物	冯老四、丹丹、张绣花

△张绣花背着孩子在院子里喂鸡、鹅，冯老四没好气地回到家。

张绣花：回来了？证明开完了？

冯老四：开完了。

△说着，冯老四从兜里拿出来村子开的出生证明递给妻子，妻

子看了看。

张绣花：怎么就一份？花花的证明呢？

冯老四：花花落不了户口，村里不给开。

张绣花：怎么不给开？为啥？花花是咱家的孩
　　　　子，村里人都知道，为啥不给开？

冯老四：为啥不给开？村主任说了花花不是咱亲
　　　　生的，所以不能开，没有为啥。

张绣花：那你倒是和村主任好好说说，花花在咱
　　　　家这是事实呀！你让村主任帮着想想办
　　　　法不就得了吗？

冯老四：想什么办法？村主任说了，要想落户口
　　　　就得花钱买，城里的人我一个都不认
　　　　识，我找谁去买？不落也挺好，还省钱
　　　　了，反正我儿子能落上户口，花花的事
　　　　以后再说吧。

张绣花：花花不落户口将来上学怎么办？没有户
　　　　口也不能上学。

冯老四：我没办法啊，你也别跟我说，花花落不
　　　　上户口，就和咱一样当文盲养着呗，正
　　　　好上学还费钱。话说回来，当初谁让你
　　　　非要买了。

张绣花：你越来越过分了啊，你咋这么说话？花
　　　　花不是你闺女呀？

冯老四：我闺女？我没有闺女，我只有儿子，他
　　　　叫冯壮壮。

113

张绣花：你、你太没良心了！我嫁给你算是瞎眼了。

△张绣花愤怒地将盆摔在地上，转身进了屋子。

镜头	75	时间	日	场景	山坡上	人物	丹丹

△正在山坡上放羊的丹丹闲来无事，手里拿着一根小树枝阻挡着地上的一只蚂蚁。忽然山坡下传来了孩子们打闹嬉笑的声音，丹丹站在山坡的一块石头上向下遥望，也没看到孩子们的身影，丹丹失望地扔掉手中的树枝，坐在石头上，双臂紧抱膝盖，孤零零地回到原地。

镜头	76	时间	黄昏	场景	回家的路上	人物	丹丹

△丹丹赶着羊，扛着布袋回家，路过村子超市的时候，将布袋换肩，遮挡住自己的脸，尽量不向超市方向看。超市门口的小伙伴，大声呼喊着丹丹的名字，丹丹没有应声，加快了回家的步伐。

镜头	77	时间	夜	场景	冯老四家里	人物	丹丹、冯老四、张绣花

△冯老四在院子里抱着孩子，眉开眼笑地逗着壮壮，张绣花在厨房里忙乎着晚饭，丹丹生怕冯老四训斥自己，低着头赶紧把布袋放在墙根，又将羊赶到羊圈里，进厨房喝了半瓢凉水。

张绣花：花花回来啦，快洗洗手，一会吃饭了。

丹　丹：嗯嗯，知道了。

△丹丹又走出屋子，打开布袋子，将鹅食晾在墙根处，又拿出菜板和菜刀开始剁鹅食，听到丹丹剁鹅食的声音，张绣花手里拿着菜刀从厨房里走出来。

张绣花：花花，别剁了，妈妈今天已经喂过了，你歇会，我们马上吃饭了。

丹　丹：我知道，我再剁点儿，明天早上喂。

△冯老四抱着孩子走了过来。

冯老四（没好气地说道）：她爱剁就剁呗，你管她干啥？

张绣花：你怎么不多剁？

115

冯老四：因为我得哄我的宝贝儿子，看看，我这
　　　　宝贝儿子多帅气，将来一定能出人头
　　　　地，给咱冯家争脸的。

△看到冯老四阴阳怪气的样子，张绣花把丹丹手中的刀拿过
　来，扔在地上，拉起丹丹的手。

张绣花：走，花，咱洗洗吃饭去。

△丹丹去洗脸，张绣花收拾桌子，今天饭桌上增添了许多好
　菜。一家人围在饭桌前，冯老四给自己倒了一茶杯的白酒之
　后，又抱着儿子一边喝酒，一边哄着孩子。
△张绣花给丹丹夹了一块肉放到碗里。

张绣花：来，花花，吃肉。今天妈妈特意为你做
　　　　了好多好吃的。
丹　丹：肉给妈妈吃。我有馒头就行。
张绣花：净说傻话，你还是孩子，正在长身体，
　　　　需要营养。来，妈妈给你一个猪蹄吃。

△冯老四哄着孩子，喝了一口酒，吃了一块肉，还用筷子沾了
　沾杯里的酒含在壮壮的嘴里。

冯老四：嘿嘿，看看，我儿子随我，喝酒也不嫌辣。

△张绣花见这情景，赶紧把孩子夺过来抱在自己怀里。

    张绣花：冯老四，你这不是祸害人吗？有你这样
          当爸爸的吗？

△冯老四撇了撇嘴，伸筷子去夹张绣花放在丹丹碗里的猪蹄，
   被张绣花拦下。

    张绣花：这个猪蹄是给花花的，不是给你吃的。
    冯老四：分一半不行，她小孩子家家，哪吃得了
          这么多。再说，这猪蹄可是下酒的好
          菜。

△说着冯老四伸手拿起猪蹄，掰开，看了看，给丹丹一个小半
   的。

    冯老四：给，花花，这个给你，你小，所以就得
          吃小的，这个爸爸下酒。

△张绣花气得用筷子点着冯老四，大声呵斥道。

    张绣花：你瞧瞧、你瞧瞧，就你那点出息，还和
          孩子争食吃，你还有个爸爸样吗？

△晚饭过后，冯老四抱着孩子走出了自家院子。屋里只剩下了张绣花和丹丹。丹丹帮着张绣花收拾完后，端着一盆凉水坐到院子里的小板凳上洗脚。丹丹一边洗着脚，一边仰望着空中的星星，张绣花收拾完也拿个小板凳坐在丹丹的身边。

> 张绣花：看什么呢？花花。
>
> 丹　丹：天空的星星真多。
>
> 张绣花：妈妈小时候也和你一样，天天晚上数星星，数了半天也找不到哪颗星星是我的。
>
> 丹　丹：天上的星星有我的吗？
>
> 张绣花：有啊，地上有多少人，天上就有多少颗星星。

△丹丹用手指着一颗最亮的星星。

> 丹　丹：那颗最亮、最大的星星一定是妈妈，可是我的那颗星星在哪呀？小弟弟那颗星星在哪？

△张绣花见丹丹把自己比喻成最大的一颗星星，心里很是欣慰，知道丹丹在心中已经把自己当成了亲生妈妈。

> 张绣花：花花，看到小朋友都上学，你是不是也很想上学呀？

△丹丹一个劲点头。

张绣花：咱家今年的地收成要是好的话，妈妈一
　　　　定想办法让你上学哈。

丹　丹：妈妈，我真的能上学吗？太好了，我能
　　　　上学了。

△丹丹兴奋地晃着小脑袋，张绣花看着丹丹天真快乐的样子，
　也开心地笑起来，紧紧地握着丹丹的小手。

镜头	78	时间	日	场景	村子里	人物	张绣花、村主任等

△张绣花抱着壮壮走出了家门，在村子里散步，迎面碰上了扛
　着锄头的村主任。

张绣花：村主任，真巧啊，俺正有事要找您呐？

村主任：啥事？又是花花的户口的事吧？

张绣花：要不怎么说你是村主任的，俺还没说你
　　　　就知道俺有啥事。

村主任：花花户口的事，村里办不了，这也不是
　　　　村里能办的，找我也没用。

张绣花：这花花也该到上学的年龄了，也不能就
　　　　这么闲在家里是不是？这不把孩子耽误
　　　　了吗？

村主任：你以为我这村主任是多大的官呀？啥事
　　　　都能办到呀？那是扯淡，张绣花呀，你
　　　　呀也别找村里的，没用，你还是自己想
　　　　办法吧。

△说完村主任扛着锄头离开，张绣花无奈地摇了摇头。

张绣花（自言自语道）：这可咋办啊！

镜头 79	时间	日	场景	村里学校门口	人物	张绣花、门卫、王校长等

△张绣花背着孩子来到了学校门前，想要进入学校，被看门的
　　一位老者拦住。

门　卫：你找谁？

张绣花：我是某村的，我想打听打听孩子上学的
　　　　事。

门　卫：哦，孩子们都在上课，现在不行。

张绣花：我找校长，不找孩子。

门　卫：你以为咱这学校和城里的一样呀，咱这
　　　　学校老师少，十里八村的孩子都在这上
　　　　学，校长也得给孩子们讲课。

张绣花：那你看，我什么时候能找校长？

△门卫瞧了瞧桌子上的座钟。

> 门　卫：我看啊，你还得等一会，再有十几分钟
> 　　　　下课了。
>
> 张绣花：那行，我等着。

△下课时间到了，门卫手里拿着铁锤使劲敲着挂在半空中的一
　个铁犁头，学校的孩子们纷纷跑到操场，门卫带着张绣花来
　到校长的办公室。
△十分简陋的校长办公室，王校长正在批改孩子们的作业，门
　卫敲了敲门。

> 门　卫：王校长，有个村民来找你。
>
> 王校长：哦，让他进来吧。

△张绣花背着孩子，进屋来到校长面前。

> 张绣花：校长，我想打听点事。
>
> 王校长：哦，什么事？你说吧。
>
> 张绣花：我想打听打听，孩子上学需要什么
> 　　　　手续？
>
> 王校长：哦，现在不是招生时间，你得等到
> 　　　　秋天。
>
> 张绣花：我就是打听打听怎么办理，我好准备
> 　　　　着呀。

王校长：带上户口本还有村里的证明就行，到时候学校会在各村张贴通知的。

张绣花（吞吞吐吐说道）：那、那没有户口，有村里开的证明能不能报名上学？

王校长：没有户口是不能报名的，学校也不能收。

张绣花：您看，王校长，是这样的，我女儿没有户口，能不能先上学，等我们把户口办下来，再给补上手续不行吗？

王校长：没有户口你就是到任何学校也是不能接收的，你还是等户口办下来再说吧。

△这时，上课的铃声响起，操场里的孩子们纷纷跑回教室，王校长也拿起教案向教室走，张绣花跟在后面，苦苦哀求道。

张绣花：王校长，真的没有办法吗？

王校长：没有户口，谁也办不了！

镜头	80	时间	日	场景	回家路上	人物	张绣花

△烈日下，张绣花背着孩子走在回家的路上，满头大汗。

镜头	81	时间	日	场景	冯老四家	人物	张绣花、冯老四

△张绣花背着孩子回到家里，看到丈夫坐在避荫处用手中草帽扇风。

冯老四：这大热天的背着孩子去哪了？

张绣花：我能去哪，还不是为了花花落户口的事嘛。

冯老四：落户口？落户口不得花钱呀？我可告诉你啊，别有这打算。

张绣花：孩子来咱家了，我就要对孩子负责。

冯老四：我看你有点多大本事，给你能的，还办户口！

△张绣花走进屋内，将孩子放在炕上，翻遍抽屉找存折却没找到，在屋内喊着冯老四。

张绣花：老四，你进屋来。

△张绣花喊冯老四却无人应答，张绣花隔窗看到冯老四不在院子里，便走出屋子喊了几声，还是无人回答，又走出院子，发现冯老四走在路上的背影。

镜头	82	时间	日	场景	门口的小路上	人物	张绣花、冯老四等

△张绣花在后面追赶着冯老四。

    张绣花：你要去哪？回来，我跟你说事。

△冯老四听到张绣花的喊声，回头一看，张绣花已经追到离自己很近的距离，撒腿开始向前跑去。

    张绣花：你给我回来，你跑什么？

△冯老四边回头看边跑着。

    冯老四：不跑，还不得挨收拾呀，躲一会儿是一
            会儿。

镜头	83	时间	日	场景	冯老四家里	人物	张绣花、冯老四等

△中午时分，张绣花抱着孩子不高兴地坐在炕上，也没做饭。院子里，冯老四哼着小调，悠闲地走回来。走到窗前，停了哼着的曲调，隔着窗户看到张绣花背对着窗户，便蹑手蹑脚

地向厨房里走着，偷偷地打开锅盖，发现没有饭菜，打开橱柜，还是没有饭菜，心里不免有点生气，使劲地关上橱柜门，走进屋内质问着张绣花。

冯老四： 这都几点了，你咋还不做饭？

△冯老四问了几句也不见张绣花回答。

冯老四： 我跟你说话，你没听见呀？我问你咋还不做饭？

△张绣花猛地站了起来，用手指着冯老四的鼻子。

张绣花： 我问你，家里的存折哪去了？

冯老四： 存折……存折不是在抽匣里吗？存折都是你管的，也不该问我呀。

张绣花： 放屁，姓冯的你别跟我耍心眼，你藏存折什么意思？你说什么意思？

冯老四： 我没藏，反正我不知道，你也别问我。

张绣花： 家里就是你我，不问你，我问谁？你说，为啥藏存折？

△冯老四忽然之间改变态度，开始和张绣花大声地对峙起来。

冯老四：怎么的？就是我拿了，我的家我做主，
　　　　没毛病吧？

张绣花：你为啥拿存折？放在家里怎么的？还有
　　　　什么不安全的吗？

冯老四：你可别跟我扯了，你不就是想拿钱给花
　　　　花办户口吗？这事在我这儿一点门儿都
　　　　没有，买花花的时候，那钱花得都让我
　　　　心疼，那叫六千多块呀，你还想动家里
　　　　的钱，我告诉你别给我惦记。

△张绣花听了冯老四的话，气得不行了，上前拽着冯老四的衣
　服打骂着。

张绣花：你还是人吗？你还有人味吗？

冯老四：你就别跟我说那么多，家里的钱我做
　　　　主，谁也别想动。

△冯老四将张绣花一下子推在炕上，孩子被父母的吵闹吓得哇
　哇直哭，冯老四看到孩子哭了，抱起孩子一边哄一边向外走
　去。张绣花气得将炕上孩子的被褥扔在地上，呜呜地哭了起
　来。

冯老四（边走边哄着孩子）：儿子，不哭了，爸
　　　　爸抱你去买好东西。

△刚刚走到院子大门口，迎面碰见放羊回家的丹丹，冯老四用眼睛使劲瞪着丹丹，丹丹胆怯地站在一边等养父过去。

冯老四：你个扫把星，从你来了这个家就没安稳过，给我滚回家去。

△丹丹听了冯老四的训斥，胆怯地小脚步挪动着，生怕惹恼了。说了也不解气，冯老四对着丹丹的屁股狠狠地踢了一脚，丹丹顾不上疼痛吓得捂着屁股赶紧跑进院子。冯老四骂骂咧咧地抱着儿子向超市走去。

△丹丹听到屋里张绣花呜呜的哭声，跑着进了屋里，看到了地上的被褥，一件一件地捡了起来，放在炕上，张绣花看见丹丹，便停止了哭泣，擦了擦眼中的泪水，整理着丹丹捡起来的被褥。

张绣花：花花，放羊回来了，去吧歇一歇。

丹　丹：我不累，妈妈。我这就去给大鹅剁点鹅食。

镜头	84	时间	日	场景	村子里的超市	人物	冯老四、王彩云等

△冯老四抱着儿子壮壮来到了超市，王彩云并不待见冯老四，没有上前招呼他。

冯老四：嫂子，给俺来一袋牛奶。

△王彩云从货架里拿出来一袋牛奶放在柜台上，冯老四又开始在放水果的货架上挑来挑去，挑了一个颜色鲜艳最大的苹果递给王彩云。

冯老四：嫂子，把这个给称称。

△王彩云称了苹果，兴高采烈地递给了冯老四。

王彩云：大兄弟，给花花买了这么一个大苹果，难得呀。

冯老四：花花？谁说这是给她买的，这是给俺儿子买的。

王彩云：我说大兄弟，你也太抠门了吧？能给你儿子买，还差花花的了？花花不是你姑娘呀？你就多买点能咋的？

冯老四：嫂子，你可弄错了，壮壮才是我儿子，花花可没有我的血脉啊，不少那个臭丫头吃穿，就不错了，别想让我给那个臭丫头再多花一分钱，不值当。

△说着，冯老四拿起一袋牛奶和苹果，付钱走了出去。
△王彩云被冯老四气得也说不出来什么，对着他的背影使劲地

吐了一口痰。

王彩云：呸，这还算个爷们吗？

镜头	85	时间	日	场景	冯老四家里	人物	张绣花、冯老四、丹丹等

△冯老四抱着孩子回到了家，看见了丹丹坐在小板凳上剁着鹅
    食，他到厨房把牛奶放在橱柜里，又拿出一个铁羹匙，抱着
    孩子到屋里坐在炕上，用羹匙刮着苹果喂孩子。

冯老四：儿子，来吃苹果，这苹果老甜了，是不
        是？

△张绣花看见丈夫喂儿子苹果，向冯老四身边看了看，发现并
    没有多余的苹果，走到厨房里翻箱倒柜也没找到多余的苹
    果，余气未消地质问着冯老四。

张绣花：你买的苹果呢？
冯老四：苹果？这不在这吗？

△冯老四晃了晃手中的苹果。

张绣花：你就买了一个吗？还是你把其他的苹果
　　　　藏起来了？

冯老四：我买那么多干啥？这一个还不够我儿子
　　　　吃的？

张绣花：你、你……真想不到你是这样的人，我
　　　　是瞎了眼了。

△张绣花气得使劲将房门一关，走了出去。在院子里，张绣花
　夺过丹丹手中的菜刀扔在地上，拉着丹丹的手向外走去。
△丹丹被张绣花的举动弄得不知所措，边跟着张绣花走，边抬
　头望着她。

丹　丹：妈妈，我还没剁完鹅食。

张绣花：剁什么剁，这个家没法过了。

镜头	86	时间	日	场景	村里超市	人物	张绣花、丹丹、王彩云等

△张绣花领着丹丹来到了超市，王彩云看见张绣花眼睛红红的。

王彩云：怎么了绣花？又吵架了？

张绣花：哎……嫂子啊，我都不好意思说我家那
　　　　口子做的破事，真令人伤心。

△说完，张绣花转过身望着丹丹的小脸。

张绣花：花，去看看哪些是你喜欢吃的，挑完了
　　　　妈妈付钱。

王彩云：可不是吗！绣花，刚才你家那口子来买
　　　　东西。我本以为能给花花买点呢，结果
　　　　气死我了，买一袋奶，买一个苹果，我
　　　　说他几句，他还振振有词起来。（学冯
　　　　老四买苹果的话）壮壮才是我儿子，花
　　　　花可没有我的血脉啊。你说，花花在你
　　　　们家出的力还少呀？做人得讲良心，我
　　　　不是说你绣花，我真是看不惯你家那口
　　　　子，要不是冲着你和花花，我才不和他
　　　　来事。

张绣花：嫂子，他有点太欺负人了。

△张绣花原本想向王大嫂倾诉家里的事情，话到嘴边却又吞了
　回去。王彩云看见张绣花欲言又止的样子，也不好再问。
△丹丹在超市里看这个又看那个，看完水果又去看零食，转悠
　了好几圈，最后还是啥都没拿，回到张绣花身边。

张绣花：花花，妈妈不是让你去挑你喜欢的东西
　　　　吗？你怎么啥都不拿？

△丹丹眼睛向上看了看墙上挂的玩具。

王彩云：这孩子，看上玩具了。花花，看好哪个
　　　　阿姨给你拿，就按进价给你。

△丹丹看了看张绣花，她轻轻地抚摸丹丹的头。

张绣花：花花，喜欢啥就跟妈妈说，妈妈不怕花
　　　　钱，给你买。

△丹丹用手指了指玩具中的一把塑料手枪。

丹　丹：我想买那个枪，小弟弟一定会喜欢。

△丹丹的话不仅感动了王彩云，也深深地感动了张绣花。

王彩云（红着眼睛）：看看这孩子，多懂事，这
　　　　么好的孩子，怎么就这么可怜啊！
张绣花：大嫂，给拿两个玩具，再给我称5斤苹果。

△王彩云拿了两把手枪递给丹丹，又给张绣花称了五斤苹果。

王彩云：你家那口子处事我就看不惯，小里小气
　　　　的哪像个爷们啊，你说买个东西，就买
　　　　那么一份，多买个能穷死呀？今天冲花
　　　　花，我也绝不会挣一分钱，照本给你。

△张绣花本来就憋屈、生气，听了王彩云的话，眼睛又红润起
　来，王彩云拉着张绣花坐下。

　　　王彩云：唉，我也就是说说，你也别往心里去
　　　　　　　啊。

△张绣花哽咽着捂着脸。

　　　王彩云：绣花，你到底咋了？跟嫂子说说，有些
　　　　　　　事呀，说出来心里就顺畅了，别老憋着
　　　　　　　啊张绣花。

△张绣花用双手擦了一下眼泪。

　　　张绣花：嫂子，你说我是不是作孽了？
　　　王彩云：绣花，怎么这么说？村里的人谁又说啥
　　　　　　　了？你不敢去惹他们，嫂子替你出气。
　　　张绣花：不是村里的事。

△张绣花见丹丹在身边，慈祥地叫着丹丹。

　　　张绣花：来，花儿，吃苹果，你到外面玩会，妈
　　　　　　　妈和阿姨唠会嗑。

△丹丹很懂事地接过张绣花给的苹果到超市外面去了。

      张绣花：我说的是花花的事，我们结婚以后一直
            没有个孩子，我以为这辈子都不会有孩
            子了，所以才动了买孩子的念头。那几
            年呀，我就偷偷地攒钱，舍不得吃，舍
            不得穿，就想有个孩子，这不能有个指
            望吗。花花来到俺家来，特别懂事，从
            来不张嘴跟我们要这个、要那个，家里
            家外的活都是她干。

      王彩云：可不是嘛，那还说啥，不管怎么说，花
            花是亲生的也好，是买的也好，现在又
            有了壮壮，儿女双全，好日子在后头
            了，多好呀！花花是你们老冯家的福
            星，是花花把你们家壮壮带来的。

△张绣花摇了摇头。

      张绣花：俺不也是这么想嘛。原来是觉得有花花
            了，心里也就踏实了，可是俺家那口
            子……唉，他是不把花花当自己的亲闺
            女带呀，现在孩子一天天大了，转眼就
            要到上学的年龄了，可我们又不能让她
            上学了……

王彩云： 绣花，你也别叹气，到了秋天就给花花
　　　　报个名不就完了吗，瞧把你难为的，可
　　　　真是的。

△张绣花继续摇着头。

张绣花： 唉，这不是给壮壮落户口吗，花花的户
　　　　口却落不上了。

王彩云： 户口？找村主任呀，让村里出个证明呗。

张绣花： 我找村主任了，村主任说花花的户口落
　　　　不了，缺很多手续。

王彩云： 那咋办呀？花花这不成了黑户了吗？

张绣花： 可不是吗，花花成了黑户，我这不是作
　　　　孽吗。

王彩云： 那就没有别的办法了？

张绣花： 村主任说好像是城里有卖户口的，咱一
　　　　年也进不了几趟城里，咱又上哪去找人
　　　　买户口呀？

王彩云： 这事儿也是，咱们一个种地的哪有那么
　　　　大的门路呀，进城都是两眼一抹黑，不
　　　　过，你也别急，也许哪一天政策变了，
　　　　花花的户口也就落上了。

张绣花： 但愿能早点给花花落上户口，否则我这
　　　　一辈子都不踏实啊。

镜头	87	时间	日	场景	小娟的熟食摊上	人物	小娟等

△小娟忙碌的身影。每次客人给她钱的时候，她都会再递给客人一个小卡片。

△**特写**：卡片上写着"寻找失踪儿童——亲爱的丹丹，快回家"。旁边是丹丹的照片。

镜头	88	时间	日	场景	出租车里	人物	张振、乘客等

△张振的出租车里，贴着寻找丹丹的寻人启事。张振一边开车，一边给乘客讲述寻找女儿丹丹的事情，希望通过这样的方式，让更多的人知道，得到更多人的帮助，早日寻找到宝贝女儿，这样的场景每天都要重复好多次，但每次说完，张振仍是忍不住流泪。

△乘客下车时，张振递给他一张卡片，乘客微笑着点头，拍了拍张振的肩膀。

镜头	89	时间	日、夜	场景	派出所、大街小巷中	人物	凌峰和同事们

△负责本次打拐专项行动的警察们，夜以继日地查找着线索。

△深夜，办公室里，凌峰和同事们一边吃着泡面，一边讨论着
行动的深入开展。

△白天，根据群众提供的线索，凌峰带着同事在不同地区开展
搜寻清查工作。

镜头	90	时间	日	场景	稻田里	人物	无

△稻田里的水稻黄了一茬又一茬。

△字幕：七年以后。

第三部分

镜头	91	时间	日	场景	冯老四家	人物	丹丹、冯老四

△在一个雨天的午后，已经13岁的丹丹穿着雨衣赶着十几只羊
回到家里，习惯性地把羊向羊圈里赶，刚刚关好羊圈门，屋
里传来冯老四的说话声音。

　　冯老四： 花花，你去学校把你弟弟接回来，下雨
　　　　　　　天，壮壮没带雨伞。

△丹丹跑到屋门下。

137

丹　丹：知道了，我这就去。

△丹丹在厨房里拿了一把放在地上撑开的雨伞，顶着雨离开家
　向学校跑去。

镜头	92	时间	日	场景	泥泞的山路上	人物	丹丹

△在雨中，丹丹走在泥泞的山路上，好几次都差点跌倒。

镜头	93	时间	日	场景	壮壮学校	人物	丹丹、壮壮等

△丹丹顶着风雨来到了学校，正好赶上学生们放学，丹丹在学
　生人群中并没有看到弟弟壮壮，焦急地问同村的学生。

丹　　丹：看到冯壮壮了吗？
同村学生：冯壮壮没完成课堂作业，被老师留在
　　　　　教室了。

△丹丹在学校门口一直等着弟弟放学，等了一段时间，壮壮终
　于走出了教室，丹丹看见壮壮出来，赶紧跑过去给壮壮撑开
　雨伞。

丹　　丹：快，别让雨淋着。

△壮壮看见丹丹穿的是一双破旧的胶鞋。

壮　壮：谁让你来的？你来给我送雨伞，就不能
　　　穿一双干净的鞋？你这鞋子露个脚丫
　　　子，是不是我们同学都看见了？

△丹丹用另外一只脚压住漏脚趾的鞋子。

丹　丹：没有，下雨天谁看我的鞋子，快走吧，
　　　妈妈该着急了。

壮　壮：我告诉你，以后再穿这样的鞋子，不许
　　　来接我。

丹　丹：嗯嗯，我放羊刚回来，还没来得及换，
　　　下次姐姐一定穿得干干净净的来接你。

△丹丹给壮壮撑着雨伞，但是壮壮却是向反方向走。

丹　丹：壮壮，咱不是回家吗？这是去哪？

壮　壮：哎呀，我要去超市买好吃的。

丹　丹：姐姐没有钱，咱还是回家吧。

壮　壮：我知道你没钱，我自己有。

△壮壮向超市走去，丹丹撑着雨伞紧紧地跟在后面，到了超市
　门口。

壮　　壮：你在外面等着吧，穿得那么破，和你在
　　　　　一起真丢人。

△丹丹只好撑着雨伞站在门口等壮壮，片刻工夫，壮壮手里拿
　着一瓶饮料出来，丹丹生怕壮壮被雨淋到，赶紧把雨伞撑在
　壮壮的头顶。

壮　　壮：你给我背着书包，我怪累的。

△丹丹答应着，赶紧站在超市的屋檐下，脱掉身上的雨衣，背
　上壮壮的书包，又穿上雨衣，生怕雨淋湿了书包。
△壮壮在前面一边走，一边喝着奶制品饮料，丹丹在后面撑着
　雨伞，给壮壮遮挡着雨。壮壮喝完了饮料，将饮料瓶使劲地
　扔了出去。

壮　　壮：下雨天，我的鞋都湿了，你背我走。
丹　　丹：你看，姐姐的雨衣是湿的，我背你那不
　　　　　把你衣服弄湿了？
壮　　壮：我不管，我走不动了你就得背我，不背
　　　　　我回家我就告诉爸爸去。

△丹丹稍微犹豫下，将雨衣脱下来，把壮壮的书包挂在胸前，
　蹲下背起壮壮，壮壮在丹丹的后背上撑着雨伞。在雨中留下
　丹丹背着弟弟的身影。

镜头	![94]	时间	日	场景	冯老四家	人物	丹丹、壮壮、张绣花等

△丹丹背着壮壮顶着雨回到家里，张绣花从窗户看到了丹丹和
　壮壮，从炕上下地给他们开门。

　　张绣花（埋怨的语气）：壮壮，你怎么让姐姐背
　　　　着？这么大的孩子不能自己走吗？看看把
　　　　姐姐都淋湿了。

△丹丹此时也不知道是累还是冷的，嘴唇发紫，身上有些发
　抖。

　　丹　丹：妈，没事，壮壮今天在学校累了，我主
　　　　动要求的，弟弟也不沉。
　　张绣花：冯壮壮，我告诉你，你要是再这么欺负
　　　　你姐姐，看我怎么收拾你。
　　壮　壮：我爸爸说了，累了就让姐姐背我，她就
　　　　是我的大马。

△张绣花听了壮壮的话，十分生气。

　　张绣花：壮壮，你说的什么话？没大没小，我看

你越来越不像话了。

△正巧，冯老四也从外面回到家。

冯老四：吵吵什么？老远就听到了。

张绣花：啊，你说壮壮有这么做的吗？大雨天的，让花花背着回来，看看花花，全身都湿透了，这孩子越来越少教了。

冯老四：有什么少教的？当姐姐的背着弟弟有什么不妥的吗？壮壮这么小，背着回来又能怎么的？别看我儿子小，心眼还是蛮多的，将来一定不会受别人的欺负。

△张绣花被冯老四的话气得无语，只能用手指着冯老四的头，大声骂道。

张绣花：王八蛋，你就惯吧，我看你能将来把儿子惯成什么样。花花，赶快把湿衣服换了，别感冒了。

丹　丹：没事，没事，我马上就换。

△丹丹在屋里换着湿透了的外衣，脱下外衣的时候，穿着内衣的丹丹凸显出了少女的风韵，冯老四无意间看到了丹丹少女的身材，目光中露出一丝难以捉摸的神态。

△张绣花并没注意到冯老四的目光，走动中无意间和冯老四身体接触下，冯老四好像从梦中醒来一样。稍微地迟疑一下，去拿凳子上丹丹脱下的外衣，但是目光在丹丹的胸前多扫了几眼。

    冯老四：看看这衣服湿的。花花，内衣也都湿了，都换了吧，可别感冒了呀。

△张绣花又找出了几件干的衣服放在炕上。

    张绣花：花花，快都换上，一会妈妈给你熬点姜水喝。

△看到冯老四在屋内，张绣花赶紧地推开冯老四。

    张绣花：孩子换个衣服，你个大老爷们在屋里待着干啥，去把火烧上，给花花熬点姜水。

△冯老四低头走了出去，到厨房去生火烧水，时不时地向屋内瞟上几眼，看到了丹丹赤裸的后背。

    张绣花：花，换完衣服上快上炕暖和暖和。

△张绣花说着把丹丹换下来的湿衣服拿在手里要去洗，丹丹看到后，并不想让张绣花去洗。

丹　丹：妈，衣服放那吧，我一会就洗了。

张绣花：行了，你别冻着了，妈就给洗了。

△张绣花拿着丹丹换下的衣服，走到厨房里，对正在烧水的冯
　　老四说道。

张绣花：别忘了给花花加点红糖。

冯老四：知道了，不用你操心呀。

△冯老四给丹丹盛了一碗姜汤，又从橱柜里拿出红糖罐头瓶，
　　给丹丹放了两大羹匙的红糖，端进屋里。丹丹已经换完衣
　　服，望着冯老四迟疑一下，因为他从来对自己从来没有这么
　　疼爱过，冯老四将手中的碗放在桌子上，拉过丹丹的手。

冯老四：哎呀，这孩子手冻得拔拔凉，爸给你暖
　　　　　暖。

△冯老四那双粗糙有力的大手揉搓着丹丹柔软的手，丹丹不敢
　　和冯老四对视，只有低着头，脸上也露出了一丝的暖意，就
　　像自己亲生爸爸呵护自己。

冯老四：花花，好闺女，把姜汤喝了，爸爸给你
　　　　　放了两大匙红糖，喝了一会就暖和了。

△丹丹接过冯老四递过来的姜汤，心中的幸福让自己的眼中红
　润起来，猛地喝了一大口，嘴被烫了。

　　丹　丹：谢谢您！

　　冯老四：别急，别急，是不是烫着了？

△丹丹点了点头。

　　冯老四：行了，今天大雨天，你接弟弟有功，爸
　　　　　　让你妈给你做好吃的。

　　丹　丹：不用，这都是我应该做的。

△冯老四走出了屋子，拿起雨伞就要出门，正在给丹丹洗衣服
　的张绣花看到冯老四要出去，无意地问了一句。

　　张绣花：大雨天的，你这是要去哪？

　　冯老四：我看花都被雨淋湿了，她这身子经受不
　　　　　　住的，我去给割点肉，给孩子做顿红烧
　　　　　　肉吃吧，给花补补身子。

△听了冯老四的话，张绣花一下子愣住了，惊讶地瞧着冯老四。

　　冯老四：你看啥？还用这眼神看我。

△张绣花站了起来，用十分讶异的眼神看着冯老四。

张绣花：不是，你、你刚才说啥？我咋没听明白。

冯老四：我让你把米饭做上，我去割点肉，给花花做点红烧肉，这有什么不对的吗？

张绣花：不、不，我怎么感觉太阳打西边出来了？

冯老四：行了，不跟你磨磨唧唧的，我去买肉。

△张绣花还是有些不相信这是真的，冯老四的身影消失在雨中，丹丹从屋内走出。

丹　丹：妈，给我洗吧。

△陷入思考的张绣花，听到丹丹的声音，才缓过神来。

张绣花：不用，不用，你快进屋暖和去吧，妈再搓两把就完事了。

△张绣花一边摇头，一边坐下来给丹丹洗衣服。

镜头	95	时间	日	场景	超市	人物	冯老四、王彩云

△冯老四顶着雨来到超市。

冯老四：嫂子，还有肉没有？

王彩云：哎哟，这顶着雨来买肉，是不是你家壮壮想吃肉了？就剩腰条了。

冯老四：腰条正好做红烧肉，嫂子给我割2斤吧。

王彩云（冷嘲热讽的语气）：呦，这可是开了斋了，这么多肉，你家壮壮可吃不了。

冯老四：哦，不是，是花花让雨淋湿了，这孩子也不容易，我让张绣花给花花和壮壮做点红烧肉。

王彩云（惊讶的语气）：呦，不会吧，你每次都是给壮壮买吃的，这回怎么想起花花来了？老天开眼了？还是某人良心上有些过意不去了？

冯老四：你说啥呢，嫂子，花花不挺好的吗，有吃有喝，俺也没让花花吃不上、穿不上的。

王彩云：你冯老四是啥样人我还不知道？行了，这回做红烧肉有花花的份，多出的二两肉不算钱了，凑个整。

镜头	96	时间	日	场景	冯老四家	人物	丹丹、壮壮、冯老四夫妻二人

△冯老四顶着雨拎着肉和两瓶酒回到家里。

冯老四：肉买回来了喽。

△屋内的米饭已经下锅，壮壮听到爸爸的声音跑了过来。

壮　壮：爸爸，你没给我买袋锅巴？

冯老四：什么锅巴锅巴的，你吃多少袋了？还没吃够，进屋去，爸爸一会给你做红烧肉吃。

壮　壮：我就要吃锅巴，你去给我买。

冯老四：行了，行了。外面下大雨，等明天爸爸给你买啊，进屋写作业去吧。

壮　壮：我不，我就要吃锅巴。

△冯老四只好从兜里掏出一元钱，弯下腰，在壮壮耳朵上小声说着。

冯老四：爸给你钱，等你想吃的时候，自己去买，装兜里，别让你妈和你姐姐看见。

△壮壮接过钱，装进兜里，走进屋子。冯老四哼着小调，洗手，切肉，做饭。

△屋内的丹丹披着被子坐在炕头上，还是有些发抖，张绣花用手摸了摸丹丹的头。

> 张绣花：哎哟，头这么热？真是要感冒了。
>
> 丹　丹：妈，没事，我暖和过来就好了。
>
> 张绣花：不行，你得发发汗，妈把姜汤再热一碗。

△张绣花在炕头铺上了褥子，给丹丹拿了枕头，让丹丹躺在炕上，盖上棉被，去给丹丹热姜汤。

> 冯老四：她不是喝了一碗姜汤了吗？
>
> 张绣花：花让雨淋得要感冒，让她发发汗。

△壮壮在厨房里看到妈妈给姜水里又放了两羹匙红糖。

> 壮　壮：妈妈，我也要喝姜水。
>
> 张绣花：喝什么喝？要不是你，你姐姐能病了吗？
>
> 冯老四：你说壮壮有什么用？花花病了你也不能埋怨壮壮呀。
>
> 张绣花：你就惯吧，对花花从来就没有像对壮壮这么好过。

149

冯老四：那是呀，壮壮可是我亲儿子，我得疼壮
　　　　壮。

△张绣花不再理会冯老四，端着姜水进了屋子。

壮　壮：我就要喝姜水。
冯老四：来，爸爸给你盛一碗姜水。

△冯老四给壮壮盛了一碗姜水，又从白糖罐子里舀了一羹匙的
　白糖。

壮　壮：我不要喝放白糖的姜水，我要喝放红糖
　　　　的姜水。
冯老四（压低声音）：傻儿子，白糖比红糖甜。
壮　壮：不，我就要喝红糖姜水。
冯老四：好，好，我的小祖宗，爸爸给你放红
　　　　糖。

△屋内，丹丹喝了姜水之后，张绣花让丹丹躺在炕上，然后给
　丹丹蒙头盖上了被子。
△厨房内，冯老四在锅里炒着猪肉。

壮　壮：爸爸，我想吃红烧肉。
冯老四：刚下锅，没熟，等一会吧。

△壮壮一直坐在厨房的凳子上等红烧肉，等红烧肉炒到一定程
   度后，冯老四将锅里的油盛到一个坛子里，给壮壮装了半小
   碗的肉。

　　壮　壮：爸，好了吗？

冯老四将食指放在嘴前，"嘘"了一声，压低声音。

　　冯老四：这个熟了，你先吃点，不要进屋吃，就
　　　　　　在这吃吧。

△壮壮点点头，吃着炒熟的肉，冯老四又将肉下入锅里，添
   水、倒酱肉、放糖等。冯老四将肉加入锅里之后，走进了屋
   子里，看见张绣花坐在正在发汗的丹丹身边。

　　冯老四：花好点了吗？
　　张绣花：正在发汗呢。
　　冯老四：我看看孩子身子还热不热。

△冯老四将手伸进丹丹的被窝里，摸了摸丹丹的头。

　　冯老四：不算太热。

△冯老四又将手向丹丹的后背摸去。

冯老四：花的身上也不太热，出点汗也不多，胸
口也不知道有没有出汗。

△说着，冯老四的手开始向丹丹的胸前摸去，眼睛里流露出一
丝异样的光芒，这个光芒恰恰被身旁的张绣花看到，妻子猛
地警觉起来，一把将冯老四的胳臂扒拉开。

张绣花：你干什么？不用你管。

冯老四：我这不是看看花花是不是发烧吗？不用
我拉倒，我去看看锅里的肉干汤没有。

△冯老四也怕张绣花看出自己的想法，匆忙离开。

△张绣花坐在炕上沉思着冯老四刚才的举动。

△外面的雨已经停了下来，院子里的大鹅一边叫一边找食吃。

△冯老四走进屋里，开始摆桌子，端上来烧好的红烧肉和炒的
鸡蛋，拿出了酒和酒杯。张绣花见冯老四收拾完了桌子，把
手伸进丹丹的被内，摸了摸丹丹的头，丹丹已经是满头的汗
水。张绣花慢慢地给丹丹掀开被子，丹丹露出头来，发汗后
的小脸红通通的。

冯老四：花花，好点没？

△丹丹点了点头。

冯老四：那快起来吧，看看爸爸给你做的红烧
　　　　肉，老香了，一会多吃点。

△张绣花拿着毛巾给丹丹擦头上的汗水。

张绣花：你和壮壮先吃吧，让花花消消汗。

△冯老四给自己倒了满满的一杯酒，和壮壮一边吃着，一边独
　　自喝着酒，时不时地给壮壮的碗里夹红烧肉。丹丹消了汗走
　　出里屋，也坐在桌子旁吃饭，壮壮吃了很多的红烧肉，丹丹
　　也吃了一小部分。过了一会，酒足饭饱的冯老四将筷子往桌
　　子上一放。

冯老四：行了，吃饱了，外面的雨也停了，一会
　　　　你收拾桌子，我出去溜达溜达。
壮　壮：我也要出去玩。
张绣花：你出去玩什么？学校老师留的作业写完
　　　　了吗？
壮　壮：我就要出去玩。
张绣花：我让你写作业听见没有？
壮　壮：（加重语气）我就要出去玩。
冯老四：一个作业，晚上再写呗，叨叨个啥呀！
　　　　走，爸带你到村里转转。
张绣花：你就惯吧，我倒要看看你能把儿子惯成
　　　　啥样。

△壮壮对妈妈做了一个鬼脸，跟着爸爸跑了出去。

△张绣花开始收拾桌子，丹丹帮助张绣花。

　　张绣花：花，身体没好，妈收拾。

　　丹　丹：没事，我好多了。

△丹丹帮张绣花把碗收拾到厨房，洗碗。洗完碗之后，丹丹走
　　出了屋子。

　　张绣花：花，你去哪？

　　丹　丹：我去趟厕所。

△张绣花望着丹丹的背影，露出温暖的笑容，开始扫地。丹丹
　　上厕所回来进屋，靠在炕沿边上站着，脸上露出一丝怯意。

　　张绣花：花，没活了，上炕歇着吧。

△丹丹却向后小步退了几步。

　　张绣花：花，怎么了？是不是哪里不舒服？

△丹丹低着头，双手捏着衣襟。

　　张绣花：花，告诉妈，怎么了？

△丹丹的头低得更低了。

　　张绣花：说话，和妈还有啥不能说的吗？

△丹丹小声地说着话。

　　丹　丹：妈，刚才去厕所，出了好多的血，我害
　　　　　　怕。

△听了丹丹的话，张绣花松了一口气，露出关心的笑容。

　　张绣花：没事，花这是成人了，不用怕，咱女人
　　　　　　都有这个阶段的。

镜头	97	时间	日	场景	超市	人物	壮壮、冯老四、王亮等

△冯老四领着壮壮来到了超市。

　　壮　壮：我买袋锅巴。

　　王　亮：好，壮壮真乖，叔叔给你拿。壮壮呀，
　　　　　　怎么就买一袋，不给姐姐买一袋吗？

　　壮　壮：我才不给她买，她连学都没上过，吃了
　　　　　　浪费。

△冯老四赶紧打断了壮壮的话。

冯老四：壮壮，瞎说什么，以后不许这么说话。

壮　壮：我没瞎说，她都没有我认识字多。

冯老四：我让你再胡说，小心爸爸打你哈。

△冯老四生怕王亮数落自己，假模假样地冲着壮壮的屁股拍了
　几巴掌，壮壮一下子哭了起来。

王　亮（讽刺的语气）：还是壮壮幸福呀，有学
　　　　　　上，花钱也不受限制，享福了。

冯老四：大哥，这孩子可惯坏了。

王　亮：挺好的，没惯坏，这壮壮多乖呀。

△冯老四也听出了王亮的话里带刺。

冯老四：壮壮，不许哭，回家吧，该买的都买
　　　　了。

壮　壮：我不走，我还要买虾条。

冯老四：再不听话，我还打你。

壮　壮：我就要，我就要虾条。

冯老四：你呀，一点都不听话。行了，大哥，这
　　　　样，再给俺们拿一袋锅巴和一袋虾条吧。

王　亮：不是我说你兄弟，你家壮壮一闹，啥都
　　　　给买，你就不能多买一袋给花花呀？

冯老四：行行，那就再拿袋锅巴吧。

△壮壮上前接过来两袋锅巴和一袋虾条，跟着爸爸走出了超市。

镜头	98	时间	日	场景	回家路上	人物	壮壮、冯老四等

△壮壮在路上吃完锅巴，又开始吃虾条。

冯老四：快到家了，快点吃，吃完了虾条，这袋锅巴回家藏起来，别让你姐姐看见。

壮　壮：不是给姐姐一袋吗？

冯老四：给什么姐姐？藏起来留着明天上学吃。

△壮壮答应着，将锅巴藏在怀里。

镜头	99	时间	夜	场景	冯老四屋里	人物	丹丹、壮壮、冯老四夫妻两人

△天已经黑了，屋里点着灯，丹丹和张绣花坐在炕上看着电视，走进院子的冯老四悄悄地告诉壮壮。

冯老四：儿子，去把锅巴藏起来，明天上学的时候，悄悄地藏在书包里。

△壮壮点了点头，蹑手蹑脚地开门进屋，将锅巴悄悄放进了碗架，双手一背大摇大摆，装模作样地走进屋里，一家人看着电视。

△张绣花在炕头给丹丹放下褥子。

> 张绣花：花，躺被窝里看，身体不好就早点睡觉。

△炕头是壮壮的睡觉专属地，见丹丹躺在自己睡觉的位置，壮壮很不满意，他不满丹丹占领他的地盘。

> 壮　壮（嘟着嘴）：那是我的地方，不许她睡。
>
> 张绣花：姐姐身体不好，姐姐今天睡炕头。
>
> 壮　壮：我不，我就睡炕头。
>
> 张绣花（严厉的语气）：壮壮，不许胡闹，你不知道姐姐今天背你放学，病了吗？
>
> 壮　壮：病了活该，我就睡炕头。
>
> 丹　丹：妈，还是让弟弟睡炕头吧。
>
> 冯老四：那儿本来就是壮壮睡的地方，花这不好了吗。
>
> 壮　壮：我就睡炕头。

△壮壮说着就往被窝里钻。

张绣花：壮壮……

冯老四：睡个觉在哪睡不都一样吗？你可真是
的。

张绣花：花，你挨着弟弟睡。

壮　壮：我不挨着她睡，我要挨着爸爸睡。

张绣花（十分严厉地警告）：壮壮，你要是再不
听话，我真打你了，这孩子怎么一点也
不懂事。

△壮壮看到妈妈真的发了火，也就不敢出声，趴在被窝里看电
视，丹丹也脱了衣服躺在被窝里。

△夫妻俩看着电视，丹丹和壮壮也都睡熟了。

张绣花：这几天让花花少干点活。

冯老四：不就是让雨淋了一下吗，也不耽误干活
呀。

张绣花：丫头成人了，今天正好是月经期，这个
时候怕凉的，再让雨一淋，日后容易落
下病的。

△冯老四听了张绣花的话，"啊"的一声答应着，眼睛时不时
地瞟着睡梦中的丹丹。

张绣花：好了，闭电视睡觉吧。

△冯老四好像有心事的样子，又偷偷看了丹丹一眼。

　　冯老四：我再看一会，你先睡吧。
　　张绣花：把声音关小点。

△冯老四拿着遥控器将电视声音关小了，又用遥控器换着电视节目看，电视里播放着电影《老光棍》，看到电视里的画面，激起了冯老四的淫欲，冯老四看了看身边的熟睡的张绣花，挨着张绣花睡觉的丹丹身上的被子被熟睡的丹丹推开了一角，露出了穿着衬衣的上半身，丹丹隆起的前胸让冯老四的睡意全无。

△电视中几个老头谈论着关于女人的话题，冯老四更是想入非非，抬起胳膊将手隔着张绣花伸向丹丹的前胸，刚刚要触摸到丹丹前胸时，张绣花翻身碰到了冯老四的胳膊，朦胧中的张绣花也感觉到冯老四的胳膊在空中，猛地睁开眼睛看见冯老四的手快速缩回。冯老四赶紧用遥控器调台，张绣花瞪着眼睛质疑地看着冯老四。

　　冯老四：你看，花的被子蹬开了，我正想给盖
　　　　　　上，你帮着盖盖被子。

△听了冯老四的解释，张绣花没吱声，但还是流露出怀疑的目光。

　　张绣花：你能不能把电视关了？
　　冯老四：我这就关。

△冯老四关掉了电视，背对着张绣花睡觉。屋内的光线暗了下来，张绣花睁着眼睛想着刚才冯老四的举动。

△冯老四躺在炕上翻来覆去，脑海中总是想起电视中几个老光棍的对话和丹丹青春的身体。

镜头	100	时间	日	场景	冯老四屋里	人物	丹丹、壮壮、冯老四夫妻两人

△早饭时，桌子上摆了一盘咸菜、一盘炒豆腐、馒头、玉米糁子粥，全家人围在桌子跟前吃饭，张绣花端着粥递给冯老四。

张绣花：我说，花花的身体不太舒服，这几天就别让花花去放羊了，地里的活也没啥了，你就去把羊放了吧。

冯老四：怎么？这也算病？

张绣花：我说你能不能有点人味？孩子不舒服，你就不能替替孩子？

冯老四：你看看，你还生气了，不就放个羊吗？能累死谁怎么的，真是烦人。

丹　丹：妈，我没事，我去放羊。

张绣花：不行，就让爸爸放几天，山菜下来了，我去采点山菜，你就好好地看家，到点别忘了接壮壮放学。

△丹丹点了点头，壮壮将吃完的饭碗往桌子上一推。

壮　壮：我吃完了，上学去了。

△丹丹也把没吃完的饭，放在桌子上，赶忙起身。

张绣花：饭还没吃完呐。

丹　丹：我吃饱了，去送弟弟上学，这可不能耽
　　　　误。

壮　壮：我才不用你送的，我自己也不是不知道
　　　　怎么去学校。

△壮壮说着从炕上拿起书包就往外跑，丹丹也跟着跑了出去。

张绣花：真是不用管他，壮壮就不能自己去上学
　　　　吗，老大不小了，也用不着天天送。

冯老四：咋的，她现在倒成了这家的公主了。

△壮壮忽然跑回来，跑到厨房，拿起藏起来的小食品，装进书
　　包了。

壮　壮：爸爸，我上学去了。

冯老四：儿子，慢点，别摔了。

△吃完了饭，冯老四到院子里将羊赶出院子，张绣花到仓房里
　　拿出了背筐，戴上帽子也走出了家门。

镜头	101	时间	日	场景	山坡灌木丛中	人物	冯老四、老宋等

△放羊的冯老四坐在地上抽着烟，同村的老宋大哥也赶着羊群也来到了山坡上，看到了他。

老　宋：哎哟，这太阳可打西边出来了，好多年都看不到你放羊了，你可是稀客啊。

冯老四：哦，孩子身体不太舒服。

老　宋：真别说，大兄弟，你家花花这是越来越出息了，长得多水灵呀，那是个好丫头。

冯老四：长得好看，顶个屁用，还不是外姓人，和我没有一点血缘关系。

老　宋：我说大兄弟，话可不能这么说，花花这几年给你家出的力还小呀？别不知足，这花花长得多水灵，村里哪个丫头能比得上花花？将来到你家提亲的还不得踢破你家门呀？

△冯老四继续抽烟，不搭理老宋。

163

老　宋：咱们一个村住的，别怪我没提醒你，花
　　　　花这孩子年龄也不小了，村里的小子们
　　　　多少个盯着花花眼红的，尤其那超市老
　　　　王家儿子王大锤，从小就围着你家花花
　　　　转悠。以后呀，放羊的活就别让花花干
　　　　了，这山里头发生点什么事喊都没人知
　　　　道，一旦花花哪天让人盯上了，你哭都
　　　　来不及了，还想靠花花给你换彩礼，门
　　　　儿都没有。

△冯老四听了老宋的话，心里很不舒服。

冯老四：你可别给我说，花花连户口都没有，还
　　　　能给我换彩礼，你以为我做梦呢？花花
　　　　啥条件我当爹的还不知道，你快别拿我
　　　　开涮了。

老　宋：我把话撂这儿，别怪我没提醒你，就你
　　　　家花花的那模样我看的都心动，那胸脯
　　　　鼓鼓的，心里都刺挠挠的，更别说村里
　　　　的那些小子们了。

△冯老四听了这话，更生气了。

老　四：滚，滚，滚，去一边待着，话说的没边
　　　　没沿了。

老　宋：唉，你不听劝拉倒，我还懒得和你说。

△老宋赶着羊离开了冯老四。

△老宋说的话，加上昨晚电视里几个老光棍的聊天内容又回荡
　在耳边，冯老四春心涌动，自言自语起来。

冯老四：靠，早晚都是别人的，还不如早下手。

镜头	102	时间	日	场景	冯老四家里	人物	冯老四、丹丹等

△丹丹送完弟弟上学，赶忙回家做好了饭，放在大锅里热着。
　她回到屋里，坐在炕上两眼呆呆地望着窗外的院子，打了一
　个哈欠，有些睡意，估摸着时间，冯老四、张绣花还不能回
　来，她拿过一个枕头躺在炕上，渐渐地睡了。

镜头	103	时间	日	场景	山坡上	人物	冯老四、老宋等

△冯老四在山坡放羊，望了望天上的太阳，计算着时间，赶着
　羊追赶着前面的老宋。

冯老四：大哥，慢点。

老　宋：啥事？这么着急的？

冯老四：你帮我把羊放着，我要回去一趟。

老　宋：这刚上山多大一会？啥事啊要回去？

冯老四：不是，我才想起来，我走的晚，家里锅
　　　　还在炉子上了。

老　宋：那行，走吧走吧。

镜头	104	时间	日	场景	冯老四家	人物	冯老四、丹丹

△丹丹穿着很单薄的衣服睡觉，冯老四回到家门前，像做贼似
　的左顾右盼，门前的路上空荡荡的，一个人也没有。他放慢
　脚步，悄悄地开门并将门插上门栓，缓慢地向屋子窗前走
　去，在窗边偷偷向屋内看了看，发现了睡在炕上的丹丹，隆
　起的前胸，让冯老四蠢蠢欲动，眼神中流露出渴望的神态。
　他转身向门走去，刚要推开门，又停了下来，蹲在门前，使
　劲地挠头，思考了好几分钟站起来向院子大门走去。走到大
　门口，拉开了门闩，开了门，一脚门里一脚门外，停下来回
　头望了望屋子，又退回来，将门关上，并没有插上门栓，站
　在门楼底下，又思考了一会，放慢脚步向屋子走去。他轻轻
　推开房门，来到炕前，仔细看着睡梦中的丹丹，轻轻地拿下
　一床被子放在丹丹的头边，伸出一只手向丹丹衣服里伸去，
　睡梦中的丹丹感觉到衣服下的手，忽然坐了起来，瞪着双眼
　吃惊胆怯地看着冯老四，冯老四尴尬地不敢和丹丹目光对
　视。

冯老四：是爸爸，爸爸看你还发烧不?

△丹丹虽然单纯，但是多少明白一些。她极度恐慌，抱着被子向墙根退缩，胆怯地望着冯老四直摇头。

冯老四：爸爸也是担心你的病没好，跑回来看看，没事就好，别跟你妈说我回来了。

△说完，冯老四像没事人一样离开了家，丹丹透过窗户看到冯老四离开，才松了一口气。

镜头	105	时间	日	场景	冯老四家	人物	丹丹

△丹丹觉察出冯老四内心深处潜藏的想法，眼神中流露出一丝的恐惧，她紧紧地抱着被子，时不时地望向窗外，很担心他没走。时钟走动的声音敲打着丹丹的心，指针指向11时30分，丹丹已然忘记了去接弟弟的事情。

镜头	106	时间	日	场景	学校	人物	壮壮等

△中午，学生们陆续走出了校园，壮壮和同学们疯疯闹闹地走出了校门，壮壮站在门口四处张望，并没有看到丹丹来接自

己，脸上露出生气的神情。只好一个人向村子里的方向走去。

镜头	🎬 107	时间	日	场景	冯老四家里	人物	丹丹、壮壮

△丹丹还畏缩在炕犄角。壮壮走进了院子里，丹丹听到院子里有脚步声，以为是冯老四回来，更是向墙根缩了缩，院子里传来壮壮的声音。

壮　壮：妈妈我回来了。

△听到壮壮的声音，丹丹松了一口气，从惊恐紧张的状态中恢复过来，忽然想起去接壮壮放学的事情，把被子向旁边一扔，赶紧下地。

△在门口，壮壮和丹丹撞了一个正面。

壮　壮：妈妈不是让你去学校接我吗？你为啥不去接我放学？在家偷懒？你等着吧，我告诉爸好好地收拾你一顿。

丹　丹：姐姐今天忘了，以后不会忘了，别告诉他。

壮　壮：我就告诉爸爸，你就等着爸爸收拾你吧。

丹　丹：壮壮，姐知道错了，以后保证天天准时
　　　　接你啊，姐马上给你热饭。

△壮壮用手狠狠地指着丹丹。

壮　壮：我回来了，饭还没做好，我下午上不上
　　　　学了？臭不要脸的，你给我钱，我要上
　　　　超市买吃的。

△丹丹满脸的委屈。

丹　丹：姐姐兜里从来没有过钱，姐姐把饭都做
　　　　好了，给你热热，马上就好。
壮　壮：我才不管呢，我回来饭还没好，我就要
　　　　去超市买吃的。
丹　丹：姐哪有钱啊？拿什么给你买？
壮　壮：爸爸经常给我钱，我就不信你没有钱。

△说着，壮壮开始把丹丹所有的衣服兜翻了一个底朝上，丹丹
　无奈地让壮壮翻兜。

壮　壮：哼，你一定把钱藏起来了。
丹　丹：壮壮，我哪有钱藏呀，我兜里从来没有
　　　　过钱。

壮　壮：我不管，没钱我也要去买吃的。

丹　丹：壮壮，姐现在就点火，很快饭菜就会热
　　　　好的。

△丹丹说着去厨房灶台开始点火，弄炉子。

△壮壮在屋内掀开炕革，又把丹丹挂着的衣服兜里都翻了一
　遍，没找到任何钱，便背着书包向外走去。在厨房里，正在
　低头添柴的丹丹猛回头看见壮壮往外走。

丹　丹：壮壮，你去哪？饭马上就好了。

壮　壮：我不用你管。

△壮壮背着书包向外跑去，丹丹从地上爬起来，顾不上锅里热
　的饭菜，也跟着壮壮跑了出去。

镜头	108	时间	日	场景	路上	人物	丹丹、壮壮

△壮壮背着书包向村里跑着，丹丹在后面紧紧地追赶着。

镜头	109	时间	日	场景	超市	人物	丹丹、壮壮、王彩云

△壮壮一直跑到超市，丹丹气喘吁吁地跟了进来。

王彩云：哎哟，你俩这是做啥？大热天的跑得一
　　　　身汗。

壮　壮：给我来两根香肠，一个面包。

王彩云：咋，家里没做饭？

丹　丹：大娘，饭都好了，我刚生火把饭热锅
　　　　里。

王彩云：哦，那就回家吃饭吧。

壮　壮：我不，反正我回家饭还没好，我就要买
　　　　面包和香肠。

丹　丹：大娘，我没有钱。

王彩云：没钱，那就快回家吃饭吧。

壮　壮：你给我拿，我爸爸晚上就把钱给你了。

△丹丹拽着壮壮的胳臂，壮壮使劲一甩。

王彩云：壮壮啊，家里的饭一热就好，跟姐姐回
　　　　家吃饭吧。

△壮壮见王彩云不给拿面包，用手指着丹丹的脸发怒。

壮　壮：就是你，就是你这个扫把星，你跟我来
　　　　干啥？

△王彩云听了壮壮刺耳的话，有些生气，语气加重地对壮壮
　说。

王彩云：壮壮，怎么能这么跟姐姐这么说话？她
可是你姐姐。

壮　壮：哼，她就是我家的扫把星，你等着，等
着我告诉爸爸你不去学校接我放学，你
不给我做饭，让爸爸狠狠教训你一顿。

△听了壮壮的话，王彩云有些明白情况，她不想让花花受委
屈，便安慰起来壮壮。

王彩云：行了壮壮，别欺负姐姐了，大娘给你拿
面包，但是大娘有个条件，答应了，大
娘就给你拿面包和香肠。

△壮壮点了点头。

王彩云：今天的事儿不许回家跟爸爸妈妈说，更
不能告姐姐的状，答应大娘不？

△壮壮点了点头，王彩云拿出两根香肠和两个面包分别递给壮
壮和丹丹，丹丹推辞不要。

丹　丹：大娘，我不要，给壮壮吃就行，我的退
回去吧。

△还没等王彩云回话，壮壮抢过她手里那一份食品向外跑去。

丹　丹：壮壮，别摔了。

△丹丹谢过王大娘便跟着壮壮跑出超市，出了超市，壮壮放慢
　了脚步。

壮　壮：你别跟着我了，跟着我也不给你吃。

丹　丹：姐姐不吃，走吧，咱回家吃完饭，姐姐
　　　　送你上学。

壮　壮：我不，我现在就去上学。

丹　丹：这才几点，去得太早了。

壮　壮：我不，我上学校去玩。

△丹丹只好跟着壮壮向学校走去。

镜头	110	时间	日	场景	冯老四家里	人物	无

△炉子里的火燃烧着，炉子上的锅盖冒出了热气。

镜头	111	时间	日	场景	上学路上	人物	丹丹、壮壮

△壮壮一边走在路上，一边吃着手里的面包和香肠，丹丹也有
　些饿了，丹丹的肚子发出了咕噜噜的响声，只好强咽下几口

唾液。

△路上一条狗狗从路上走过，壮壮看见后，喊了几声，把手里的面包和香肠分给狗狗一些。

镜头	112	时间	日	场景	冯老四家里	人物	无

△在炉子上的锅已经冒出青蓝色的烟，锅里的饭菜已经烧煳了。

镜头	113	时间	日	场景	学校门口	人物	丹丹、壮壮、邻居赵大嫂

△丹丹把壮壮送到了学校门口，此时离上课时间早，校园内零星的几个同学在校园内玩耍着，丹丹目送壮壮进入了校园，转身离开学校，向家走去。肚子里时不时发出咕噜咕的响声，丹丹忽然想起来家里的饭菜还在锅里，撒腿就开始向家跑去。回村的路上，邻居赵大嫂看见丹丹跑得满头大汗，脸色发青的样子，问丹丹发生什么事情了，丹丹也顾不上回答，跑回家里，满是烧焦的味道。丹丹来到厨房，赶紧用手去拿锅盖，炙热的锅盖将丹丹的手烫了，丹丹下意识地把锅盖甩在地上，锅里的饭菜都已经糊成黑色，丹丹吓得一下子瘫软坐在地上，不知如何是好。

△邻居家赵大嫂隔着杖子看到丹丹急促地跑回家，也跟着跑过

来，看见丹丹坐在地上和锅里的糊饭，明白了一切，找到两块抹布垫着将锅端了下来。

△丹丹一只手握着另一只被烫伤的手，用手捂着双眼呜呜地哭着，邻居大嫂伸出手去给丹丹擦泪，安慰着丹丹，却发现丹丹紧握着手。

邻居赵大嫂：花花，把手给婶子看看。

△赵大嫂看到被烫破皮的手，十分心疼。

邻居赵大嫂：花，别怕，婶子回家拿药给你敷上，别怕，等着婶子。

△邻居大嫂赶紧回家取药，在院子的花盆里掰掉一根芦荟，返回到丹丹家。赵大嫂将芦荟放进碗里，用擀面杖捣碎，将捣碎的芦荟泥敷在丹丹的烫伤处。

邻居赵大嫂：花，还疼吗？

△丹丹咬牙点了点头。

邻居赵大嫂：告诉婶子，怎么把锅烧干了？

△丹丹一边哭着，一边讲述着事情经过。

镜头	114	时间	日	场景	村外田野里	人物	张绣花等

△张绣花和村里一起上山采野菜的妇女们有说有笑地走下山。

镜头	115	时间	日	场景	村外山坡上	人物	冯老四

△冯老四赶着羊，优哉游哉地走在回家的路上。

镜头	116	时间	日	场景	冯老四家	人物	丹丹、邻居赵大嫂、冯老四、张绣花

△丹丹站在一旁看着赵大嫂给自己家收拾锅里的糊饭，糊饭放在桌子上，赵大嫂用钢丝球使劲擦蹭着锅。这时候，冯老四赶着羊回到家里，刚刚走进厨房看见赵大嫂坐在小板凳上擦锅，赵大嫂也察觉到冯老四回来了，脸上露出一丝迟疑，丹丹则露出了恐惧的神情。

邻居赵大嫂：大兄弟回来了？

冯 老 四：大嫂你这是？

邻居赵大嫂：哦，我帮花花干点活，花花一个人
在家挺孤单的。

冯老四：不是，大嫂，这锅？

△冯老四看到桌子上的糊菜、糊饭，立即发起火来，上去给了
　丹丹一巴掌。

△邻居赵大嫂看到这情景，将锅扔下，赶忙上来拉走冯老四。

邻居赵大嫂：你这是干啥？她还是个孩子你知道
　　　　　　不？你也不能下这么狠的手。

冯老四：我家里的事不用你管。败家的东西，我
　　　　非得让你长长记性，我让你偷懒，让你
　　　　偷懒！

△冯老四隔着邻居赵大嫂，恶狠狠地踢了丹丹几脚。赵大嫂跟
　老四发起火来。

邻居赵大嫂：你还有没有点人性？你看看丹丹手
　　　　　　烫成什么样了？

冯老四：活该！不争气的东西，今天，我非得好
　　　　好教育教育你。

△冯老四嚷嚷着要打丹丹，邻居赵大嫂在两人中间拦阻着。

邻居赵大嫂：今天这事我非得要管，我管定了！

△说着赵大嫂用尽了全身的力气将冯老四推向另一边，护着丹丹向外走着。

邻居赵大嫂： 花花，跟婶子走，到婶子家去。你说你这么大的一个爷们，好意思打孩子，真不要脸啊！

△邻居赵大嫂将丹丹拉出了屋子。

△冯老四则气急败坏地将桌子上的糊饭、糊菜使劲地扒拉到地上，将地上的锅也踢翻了。

△张绣花回到家中，将菜筐放在地上，口渴进厨房喝水。刚刚到厨房门口，从厨房里飞出几个糊的馒头，差点打在张绣花的头上，张绣花一头雾水，赶紧进厨房。

张绣花： 你这是又作啥呢？我跟你说话呢，你又作啥？

冯老四： 你看看，这败家孩子给厨房祸害的。

张绣花： 孩子不是病了吗？烧糊一锅饭能怎么的呀？一顿不吃还能饿着了？

冯老四： 你就这么偏向她吧。我不管，还不知道作多大的祸，今天谁护着她也没用，我非要好好教训教训她，还反了天了。

△说完又狠狠地将地上的锅踢了一脚。

张绣花：花花、花花……那咱家花花去哪了？

△冯老四不理睬张绣花。她喊了几声花花，无人应答，质问起冯老四。只见冯老四独自低头抽着烟，还是不回答张绣花的问话。

△张绣花白了一眼冯老四，转身便出去找丹丹。在院子里喊着花花的名字，邻居赵大嫂听见了，赶忙从隔壁出来喊住张绣花。

邻居赵大嫂：花她妈，花在我家了。

△张绣花闻声望了望，赶忙向邻居赵大嫂家走去。

镜头	117	时间	日	场景	邻居大嫂家	人物	张绣花、大嫂、丹丹

△邻居赵大嫂在院子里迎着张绣花。

邻居赵大嫂：哎哟，妹子，你可回来了，要不是我拦着，这花花还不知道啥情况呢。

张绣花：花花怎么样？是不是挨打了？

大　嫂：打到没啥，就是手烫坏了。

张绣花：啊？烫到手了？花花，花花……

△张绣花加快脚步小跑进到屋内，丹丹一只手握着被烫伤的手，用牙齿紧紧咬着下嘴唇，十分委屈地依靠在炕沿边。张

绣花迈进卧室门看见丹丹受伤的手，十分心疼地将丹丹搂在怀里哭了起来。

张绣花：我可怜的花花呀，我是作孽呀，还疼不疼？告诉妈还疼不？

△丹丹摇了摇头，用小手擦拭着张绣花眼角的泪水。

邻居赵大嫂：我这给花敷上了芦荟，这个治疗烫伤可好使了。

张绣花：谢谢你，大嫂。花昨天身体就不舒服，没想到今天又把手烫坏了。

邻居赵大嫂：你可回家好好管管你家那爷们儿，对孩子怎么能这样？我都看不下去眼。

张绣花：唉，自打我家壮壮出生以来，他那脾气越来越暴躁，这个家谁说话也不好使。我也想反抗，但在这个家里，我也做不了主啊，花这孩子真是命苦，也都是我造的孽呀。

邻居赵大嫂：花这孩子多懂事呀，你说咱两家就隔一道杖子，啥事我看不见？花打小就没享过福。

△墙上的时钟指针指向3点30分。张绣花看了一眼墙上的时钟，赶紧站了起来。

张绣花：嫂子，先别让花回家。

邻居赵大嫂：你要去哪？

张绣花：这不要到点了吗？壮壮也快放学了，我
　　　　得去接壮壮。

丹　丹：我去接弟弟放学吧。

张绣花：花儿，你就在婶子家，妈妈接了壮壮咱
　　　　再回家。

丹　丹：妈妈，让我去接吧！

邻居赵大嫂：看看，花儿这孩子多懂事，今天咱
　　　　　　就不去接了，好好待在婶子家。

△张绣花掸了掸身上的灰尘，在大嫂家洗了一把脸就出去接壮
　壮。

镜头	118	时间	夜	场景	冯老四家	人物	张绣花、冯老四、丹丹、壮壮

△晚饭的时候，一家人围在桌前吃晚饭。冯老四满脸愁容一口
　一口地喝着酒。

张绣花：花，来多吃点鸡蛋。

△张绣花尽可能地多给丹丹夹菜吃，壮壮有些不满，把筷子向
　桌上一扔。

壮　壮：妈妈，你偏心姐姐！今天姐姐中午放学
　　　　都不去接我，在家偷懒睡觉，你还总给
　　　　姐姐夹好吃的。

张绣花：姐姐不是病了吗？

△冯老四听了壮壮的话，使劲将手中的杯子扔在桌子上。张绣
　花用眼睛瞟了冯老四一眼，丹丹闷着头吃饭，一家人在不愉
　快中吃完晚饭。

镜头 119	时间	日	场景	冯老四家	人物	张绣花一家人

△清晨的天空下起了雨，一家人坐在屋里吃早餐。

张绣花：这个天下起雨来，啥也做不了，我回趟
　　　　娘家。

壮　壮：下雨天我想在学校吃。

张绣花：一会妈妈把饭给你装饭盒里。

壮　壮：我不，我要买面包和香肠吃。

张绣花：家里的饭不能吃呀？

△冯老四并没有理会张绣花，打开桌子的抽匣给壮壮5元钱。

冯老四：爸爸给你拿钱，想吃啥就买啥。

张绣花：你就惯吧，我看你能把壮壮惯成啥样。

△张绣花收拾桌子。冯老四打着雨伞送壮壮上学。屋内剩下了
　丹丹和张绣花。

张绣花：花，今天在家好好歇着，那手呀千万别
　　　　让水泡了，别感染了，妈把中午的菜都
　　　　炒好了，中午让你爸爸热热就行。

△丹丹点了点头，妻子拿出三十元钱给丹丹。

张绣花：花，来，妈给你点钱，想吃啥自己就去
　　　　买点。
丹　丹：我不要钱，家里有饭。
张绣花：拿着吧，打你进了这个家，就没享过
　　　　福，这么大的丫头了，喜欢自己买点啥
　　　　就买点。

△张绣花强行把钱塞进丹丹的衣兜里。张绣花在筐里装上了一
　些山菜。转过身对花花说。

张绣花：你姥姥、姥爷最爱吃这些山菜了，他们
　　　　年龄大了，也上不动山了。我今天去村
　　　　外看看姥姥、姥爷，你在家乖乖休息，

等妈妈回来哈！

△说着妻子拎着装山菜的筐，打上雨伞，便离开了家。

△丹丹独自在家用一只手收拾着屋子，冯老四送壮壮上学回来后，也没啥做的，躺在炕上睡了。丹丹收拾完厨房，便独自坐在厨房门前，看着外面的雨。快到中午时，雨仍一直在下，丹丹隔着房门看了看屋内的钟，丹丹收拾炉子，热饭，一直坐在厨房等着饭菜热好。

△热好饭菜，丹丹走出厨房，小声地将饭菜端上桌子，接着又小心翼翼地走进里屋，站在炕边轻声地喊着冯老四吃饭。冯老四睡醒，爬下炕，走出里屋，去厨房拿出了酒和酒杯，给自己倒上酒，独自吃喝起来。丹丹用很短的时间吃完饭，拿着小板凳坐在房门下面看着雨。

△饭桌前的冯老四已经喝得有些迷迷糊糊，他红着脸，叫唤着丹丹。

冯老四：花花，花花。

△冯老四喊了几声，见丹丹没应声，便生气地大声喊起来。

冯老四：花花，我叫你，你是聋了吗？你给我过来。

△听见冯老四的喊声，丹丹赶紧到屋子里。冯老四见丹丹走了

进来，将手中的筷子用力一放，丹丹看到冯老四的神态，非常恐惧，倚着门框弯着身子，静静地看着冯老四。

　　　　冯老四：你给我坐下。

△冯老四用手指着丹丹。

　　　　丹　丹：我吃饱了。

△冯老四坐在凳子上，摇晃着身体，含糊不清地说。

　　　　冯老四：我让你坐那你听见没有？

△丹丹看冯老四生气了，小碎步走到饭桌前。

　　　　冯老四：我、我告诉你花花，昨天我很生气，你
　　　　　　　　今天必须陪爸爸喝酒、喝酒……你不喝
　　　　　　　　酒爸爸还会生气，必须喝酒。
　　　　丹　丹：我不会喝酒。
　　　　冯老四：不会喝酒，也得喝，不喝不行，我让你
　　　　　　　　喝你就得喝。

△冯老四将杯中的酒一饮而尽，又到了一杯酒放到丹丹面前。

丹　丹（抽泣道）：我真的不会喝……

△此时的冯老四已经是醉意朦胧，眼睛里流露出一丝邪恶的目光，他使劲地拍了一下桌子，大声地恐吓着丹丹。

冯老四：喝，必须给我喝了，如果不喝我今天就
　　　　打死你。

△丹丹完全被冯老四的神态和声音吓坏了，站了起来向门口挪动着脚步，哭着回答道。

丹　丹：我真的不会喝，我真的不会喝，您别逼
　　　　迫我了。

△冯老四猛地站了起来，一把抓住向后挪动的丹丹，他将丹丹搂在怀里，拼命地想要触摸丹丹隆起的胸。

丹　丹：您要干啥啊？求您放开我，放开我。

△丹丹已经彻底被冯老四吓坏了，拼命挣扎着。冯老四强行让丹丹坐在自己的腿上，给丹丹灌下一杯酒，哭泣的丹丹被呛得直咳嗽。丹丹想从冯老四的怀里挣脱出来，但完全进入醉态的冯老四已是鬼迷心窍，淫心的欲望占据了他整个大脑。他强吻着丹丹的脸，一只邪恶的手伸进丹丹的衣服里。此时

的丹丹使出全身解数拼命反抗，她用手打着冯老四的脸，用脚踢着冯老四的腿，欲挣脱。可冯老四已完全不顾丹丹的挣扎，继续在丹丹身上动着手，桌子被撞翻了，丹丹在冯老四亲吻自己嘴巴时，狠狠咬了冯老四的嘴。冯老四疼得捂着嘴，不经意间松开了手，丹丹挣脱了冯老四的控制，捂着嘴径直向屋外逃走了。

镜头	120	时间	日	场景	雨中的村路	人物	丹丹

△在雨中，丹丹发疯一样狂奔，任凭泪水和雨水在脸上流淌着，泥泞的雨路上丹丹不知道跌倒了几次。

△雨渐渐地停了，丹丹呆呆地站在湖边。往日冯老四凶暴的情景呈现在丹丹的脑海里。

（1）超市画面

　　冯老四：谁让你出来买东西吃了？你哪来的钱？是不是在家偷钱了？

△说着，冯老四狠狠地把地上的冰棍踩碎，一手拽着丹丹的小胳臂，一手拎着布袋子向家走去。

（2）张绣花生孩子画面

△丹丹看见被杀死的母鸡鲜血淋淋，有些胆怯，不敢向前靠。

冯老四：我说话你听见没有？你在那站着干吗？

（3）雨天丹丹躺在炕上发汗画面

冯老四：我看看孩子身子还热不热。

△冯老四将手伸进丹丹的被窝里，摸了摸丹丹的头。

冯老四：不算太热。

△冯老四又将手向丹丹的后背摸去。

冯老四：花的身上也不太热，出点汗也不多，胸
口也不知道有没有出汗。

△说着，冯老四的手开始向丹丹的胸前摸去，眼睛里流露出一
丝异样的神态。

（4）冯老四躲在门口偷窥丹丹睡觉的画面

△冯老四将门关上，并没有插上门栓，站在门楼底下，又思考
了一会，放慢脚步向屋子走去，轻轻推开房门，来到屋子炕
前，仔细看着睡梦中的丹丹，轻轻地拿下一床被子放在丹丹
的头边，伸出一只手向丹丹衣服里伸去，睡梦中的丹丹感觉
到衣服下的手，忽然坐了起来，瞪着双眼吃惊胆怯地看着神

态慌里慌张的冯老四。

（5）刚才吃饭冯老四邪恶目光醉酒画面

△此时的冯老四已经是醉意朦胧，眼睛里流露出一丝邪恶的目
   光，使劲地拍了一下桌子，厉声恐吓着丹丹。

      冯老四：喝，必须给我喝了，如果不喝我今天就
               打死你。

△丹丹完全被冯老四的神态和声音吓坏了，站了起来向门口挪
   动着脚步，哭着回答道。

      丹　丹：我真的不会喝，我真的不会喝，您别逼
               迫我了。

△冯老四猛地站了起来，一把抓住向后挪动的丹丹，他将丹丹
   搂在怀里，拼命地想要触摸丹丹隆起的胸。

      丹　丹：您要干啥呀？求您放开我，放开我……

△丹丹已经彻底被冯老四吓坏了，拼命挣扎着。冯老四强行让
   丹丹坐在自己的腿上，给丹丹灌下一杯酒，哭泣的丹丹被呛
   得直咳嗽。丹丹想从冯老四的怀里挣脱出来，但完全进入醉
   态冯老四已是鬼迷心窍，淫心的欲望占据了他整个大脑。他
   强吻着丹丹的脸，一只邪恶的手伸进丹丹的衣服里。此时的

丹丹使出全身解数拼命反抗，她用手打着冯老四的脸，用脚踢着冯老四的腿，欲挣脱。

△丹丹呆呆地坐在湖边许久，这些不美好的画面充斥着她整个大脑。她想让自己忘记这些，拼命地用湖水洗了洗脸，准备向村外走去。如今，丹丹长大了，经历了这么多磨难，她想要逃离这个村子，她要逃离这个并不幸福的家。

镜头 121	时间	夜	场景	村里的街道	人物	丹丹

△丹丹毫无目的地走在街道上，天空中又开始下起毛毛细雨，丹丹又饿又冷，缩在一个关门的店铺下避雨。过了一会，雨渐渐停了下来，丹丹的肚子里又发出咕噜噜的声音，丹丹将手放在兜里，这才发现兜里的钱，丹丹打开被雨淋湿的三十元钱，寻找卖东西的商店，夜晚的店铺大都关门，丹丹一个人在街上走着，她想赶快找到一个出口，一个可以逃离村子的地方。

镜头 122	时间	夜	场景	冯老四家里	人物	冯老四、张绣花、壮壮

△冯老四酒醒了，赶忙看看表，这么晚了丹丹还没回来，他心中很胆怯，很怕让张绣花发现这一切。他慢慢地移下床，看见儿子壮壮自己在院子里玩。

冯老四：儿子，你妈和你姐呢？

壮　壮：我妈去超市买酱油了，一会做饭用。谁
　　　　知道该死的花花哪去了，我回来就没见
　　　　过她。

△冯老四有点慌了，眼珠子转来转去，这时张绣花回来了。

张绣花：你干啥呢？一天天就知道喝，还知道起
　　　　来？花花呢？

冯老四：花花？没看见她啊？小兔崽子，又跑哪
　　　　疯了？我这中午喝多了，谁知道她死哪
　　　　里去了？

张绣花：这么晚了，她能去哪里呀？你快出去找
　　　　找。

△冯老四没应答，赶紧跑出去找丹丹。

冯老四：花花！花花！（自言自语道）妈的，小
　　　　兔崽子，还得让老子出来找你，敢不回
　　　　家，看我抓住你，不打死你！

镜头 123	时间	夜	场景	村口客运站	人物	丹丹、售票员

△丹丹顺着亮光的地方走，不知不觉中来到了村口客运站。丹丹定睛一看，赶忙来到售票点。

丹　丹：叔叔我想要一张回城的车票。
售票员：夜班车150元一张。

△丹丹摸了摸自己的裤兜，只有30块钱，她可怜兮兮地看着售票员。

丹　丹：叔叔，我只有30元……
售票员：没钱买什么票，赶紧走开，浪费时间。

△说着售票员便把窗口关上了。

△丹丹忍不住流出眼泪，她害怕再回到那个家，失望与恐惧占据了整个大脑。可是她能怎么办呢？回城的路那么遥远，她一个人无依无靠，身无分文，她多希望有一个好心人能帮助她。丹丹饥肠辘辘，坐在售票点哭泣。这时一辆客车驶来，乘客们大包小包地陆续下车。王彩云和王亮带着王大锤刚下车，便看见对面灯光下，蜷缩在墙角的花花。

　　王彩云（对着王亮说道）：那不是花花吗？大晚
　　　　上的她怎么在这呢？

△王彩云赶忙和王亮拿着行李，拉着王大锤，跑上前看情况，
　　丹丹迷迷糊糊地睁开眼睛。

　　丹　丹（有气无力地）：王大娘……

△丹丹刚说几个字，话都没说全，便昏倒在地。

镜头	124	时间	夜	场景	冯老四家	人物	丹丹、王彩云、冯老四、王亮夫妇

△丹丹躺在炕上，她恢复了意识，迷迷糊糊中想要睁开眼睛，
　　隐隐约约地听见屋里几个人在说话。

　　王　亮：这要不是我们今天带着大锤白天去城里
　　　　进货，晚上回来，你家花花还不知道有
　　　　啥事呢？你两口子对孩子好点吧，这孩
　　　　子也大了，说不定哪天真跑了呢……

　　冯老四：她还敢跑，看我不打死她！

　　张绣花：你快闭嘴吧！平日里就你对花花不好！
　　　　她才动了这个念头啊！造孽啊！大哥、
　　　　嫂子，真的谢谢你呀，要不是你们，这

孩子今天就没了，我们以后一定对花花
好，你放心吧！

△王亮夫妇叹了口气，随即走出了屋子。

△丹丹不敢睁开眼睛，紧张地压抑着自己的呼吸。她听见有脚
步声向她走来，摸了摸她的额头，帮她盖好了被子。

张绣花（自言自语道）：花花啊，有啥事和妈妈
说啊！为啥要离开我们呢？

△冯老四端着水走进来。

冯老四：她，她能有啥事？像谁欺负她了似的！

△张绣花狠狠地瞪了丈夫一眼。

张绣花：今天在家咋的了？我走的时候花花还好
好的！

冯老四：没、没咋的呀！我吃完午饭就睡了，一
直睡到你回来，你不也看见了吗？能发
生什么事呀！这丫头就是想跑，想回去
找她亲爸妈！没良心的东西！

张绣花：行了！等孩子醒了再说吧！睡觉！

△丹丹听到这些话，害怕得不敢睁开眼睛，只好继续装睡。

镜头	125	时间	日	场景	冯老四家	人物	丹丹、冯老四夫妻二人

△丹丹被饿醒，她慢慢地睁开眼睛，看见旁边没人，也没有声响。赶紧一轱辘起来，叠好被褥，向外屋走去。

  张绣花：花，你醒了呀！你昨晚可吓死妈妈了！
　　　　　饿了吧，来吃点东西。

△妻子端来饭菜，丹丹顾不上说谢谢，狼吞虎咽地吃起来。

  张绣花：花，慢点吃！和妈妈说说，昨天怎么
　　　　　了？为什么到村口客运站去？

△丹丹听完这话，吓得放下了筷子，向后缩了缩。

  丹　丹：妈妈，没有发生什么事情，我只是想去
　　　　　找你，结果走错路了，很饿，没力气，
　　　　　就在那里坐下了。对不起妈妈，让你担
　　　　　心了！

△张绣花抱起丹丹，眼里闪着泪花。

张绣花：花，你来咱家这么多年，也没让你过上
　　　　个好日子，是妈妈对不住你啊！你千万
　　　　不能离开妈妈呀，你是妈妈的命啊！

△丹丹用手擦去张绣花脸上的泪水。

丹　丹（哽咽道）：妈妈你放心，我不会离开
　　　　你，我会好好照顾你的，好好照顾这个
　　　　家！

△说完母女二人拥抱在一起。

镜头	126	时间	日	场景	山坡上	人物	冯老四、王亮

△冯老四百无聊赖地在山坡放羊，他蹲在地上，手里扒拉着
　草，他很焦虑，很害怕丹丹把事情说出去。这时，同村经营
　超市的王亮向他缓缓走来。

王　亮：你家花花咋样了，好点没呀？
冯老四：好多了，她能有啥事情啊！这臭丫头，
　　　　像个傻子似的到处乱跑，幸亏你们看见
　　　　她，把她带回来了，要不然还不一定出
　　　　什么事情呢，可烦死我了。

王　　亮：唉，咋的你还没想明白呢？

冯老四（低下头心中暗暗想）：王大哥明显话里
　　　　有话啊，难不成他发现我的事情了吗？

△冯老四慢慢仰起脸，严肃的脸上忽而露出谄媚的微笑。

冯老四：咋了大哥？你说这话啥意思啊？我该想
　　　　明白什么呀？咱们之间不妨直说了，我
　　　　听不懂你在说什么。

王　　亮：哎呀，我的意思就是女大不中留咯，你
　　　　家花花总不能在家当老姑娘吧，这样人
　　　　家会骂你这个爹哩！

冯老四（心里暗暗松了一口气）：哎呀我的好大
　　　　哥，你说的是这个意思啊。俺家花花还
　　　　小啊，着什么急啊！

王　　亮：虽说花花不是你亲女儿，但我和你嫂子
　　　　都挺喜欢花花，俺家大锤也不小了，你
　　　　看这事……

冯老四：你这转半天就是来为你家大锤提亲呗，
　　　　王大哥你就直说不完了嘛？在这打了半
　　　　天哑谜了。

王　　亮（嘿嘿地笑着）：得了，你也知道俺的意思
　　　　了，你回去和弟妹商量一下吧，你放心，
　　　　俺们不会亏待你家花儿的，会对她好。

△冯老四没吱声，向王亮笑了笑便头也不抬地向回家的方向走
去。

冯老四（边走边想）：女大不中留，更何况因为
上次的事情花花已经对我心有芥蒂，虽
然她现在不说实话，就怕日后会和别人
说那天的事情，这事要是传出去了，我
怎么还有脸在村里混啊。还不如，索性
就把她再卖出去，趁机再赚一笔。

镜头	127	时间	黄昏	场景	冯老四家里	人物	冯老四夫妇、丹丹

△冯老四回到家，看到张绣花和丹丹在厨房忙着做饭，儿子壮
壮在屋里看电视。

△他走到厨房，不怀好意地对张绣花笑了笑。

冯老四：哎呀，让俺看看你做什么给俺吃啦？媳
妇你对俺真是太好了。

△张绣花一脸诧异地扭头看着他，很嫌弃地说道。

张绣花：你今儿是怎么了？脑袋有毛病了？怎么
忽然这么说话，是不是做什么坏事了？

冯老四：我能做什么坏事啊？我今天可干了一天
　　　　的活了呢，你和花花也辛苦了吧，快去
　　　　休息，今晚我来做饭哈。

△他一边说，一边推着张绣花和丹丹离开厨房。张绣花一边向
　外走，一边说道。

张绣花：这捡钱了？性情大变。走，花儿，管你
　　　　爸吃错啥药了，咱俩只管进屋休息去。

△饭桌上，冯老四一个劲给张绣花和丹丹夹菜。

冯老四：花花，快吃点哈，你看生病才好，快来
　　　　个大鸡腿吧。

壮　壮：爸爸偏心，我还没有呢，给姐姐吃干
　　　　啥，不白瞎了。

冯老四：这不还有一个吗？这个给你。

张绣花：哟，你今天怎么了？怎么？终于知道对
　　　　咱家花花好了？

冯老四：看你这话说的，我哪天对花花不好了？
　　　　我一直把花花当成我自己的孩子啊。

△丹丹不敢和冯老四对视，只顾自己埋头吃饭，她不明白为什
　么冯老四要这样对她。从那天开始，她的心就没有平静过，

她很恐惧但却无能为力。

△吃完饭，冯老四推着张绣花进屋，拉着妻子坐在炕上，给妻子按摩起肩膀。

张绣花：呦呦，你还会按摩呢？你这辈子就没给我按摩过。你还是你吗冯老四？

冯老四：怎么不是我啊。给你按摩还不是好事啊。不允许我进步了吗？

镜头	128	时间	夜	场景	卧室里	人物	冯老四、张绣花

△冯老四一边给张绣花揉肩，一边用试探性的口吻问道。

冯老四：花花来咱家也好几年了吧？今年也都13了，咱村里女孩这个年龄都嫁人了，你看老李家的李翠屏，孩子都满月了。咱们是不是也得为花花想一下啊？

张绣花：花花这孩子本来就命苦，来咱家更是没让她过上什么好日子，我想多留她几年在自己身边。

冯老四：你说的对。但咱们不能不为花花考虑吧，等她过两年，年纪大了，可就不好嫁了啊。

张绣花：啊，我就说你今天怎么对我们娘俩这么
　　　　殷勤呢？原来你是想说这出啊。

冯老四：我想哪出了呀，我不过就是想为咱家花
　　　　花找一门好亲事，像你说的不能让她在
　　　　婆家受苦啊。

张绣花：你真的这么想？你有这么好心吗？

冯老四：我虽说平日里对花花严格了些，但我还
　　　　是希望她幸福啊。这件事你就交给我来
　　　　办，一定给咱家花寻门好亲事。

张绣花（半信半疑地说道）：那这事咱得问问花
　　　　花啊，得问问她自己同意不啊！

冯老四：她一个小孩子知道什么呀？这些事情她
　　　　根本不懂，而且女孩子也有些害羞，不
　　　　好意思怎么办啊，所以不用了，我先找
　　　　找，到时候敲定了再通知她吧。

张绣花：随你便，你就瞎折腾吧。要是花不同
　　　　意，咱也不能硬逼她。

冯老四：安啦安啦，你就放心吧，这事交给我
　　　　了，保证你和花花都满意。

镜头 129	时间	日	场景	超市	人物	冯老四、王亮

王　亮：哎呀，老四啊，你来了，快坐快坐。今天给壮壮买什么？

冯老四：王大哥，咱俩之间就不用买这个词了吧，马上就要成一家人了呀。

王　亮：真的假的？你回去和弟妹商量了？花花怎么说的？俺们一家啊，是真喜欢你家花花。这不昨天晚上商量结婚的事情呢！

冯老四：我家我做主，这还有什么假，我说行就行。

王　亮：把花花交给我们，你就放一万个心吧，我们会对花花好的。虽说花花不是你亲生女儿，但我们一直都把花花当自己家孩子看待，以后她来俺家你就放心吧！

冯老四：好不好的以后再说，咱们得先说说这聘礼的事情，你总不能空手套白狼吧？

王　亮：你这说的什么话？我能做那事吗？

冯老四：先说好，既然你们看上花花了，我是一分钱嫁妆没有，除了咱们村的习俗之外，我还得要2万的礼金，你看能不能行？

王　亮：老四啊，这事让你办的，像卖姑娘似
　　　　的，简直了。

冯老四：行就行，不行拉倒，大哥你可别在这和
　　　　我磨叽，我本不想把她嫁到咱本村，要
　　　　不我平时还得看着她，心烦得很，再说
　　　　我觉得我家花花值这个价钱。

王　亮：你这话说得，真是想抽烂你的嘴啊，要
　　　　不是俺们喜欢花花，才不会和你结亲
　　　　家。这个钱的事情这我得晚上和俺媳妇
　　　　商量一下。

冯老四：行，行，你们商量去吧，明天俺再来，
　　　　明儿一定得给俺个准话。不行我就换
　　　　人，谁给钱多，我让花花嫁给谁。

△说完，冯老四背着手，哼着小曲，走出了超市。

△王亮在他背后竖起了中指，呸了一声。

第四部分

镜头	130	时间	夜	场景	派出所	人物	凌峰、警察、徐某等

△凌峰和同事们像往常一样在街道开展巡逻清查工作。群众徐
　某气喘吁吁地跑到派出所，慌忙地跑来向凌峰求救。

徐　某：我的儿子下午6点多在富民路附近走失，
　　　　找了两个多小时，还没找到，求求警察
　　　　同志帮帮我。

△凌峰迅速行动，派出两组人员，一组人员跟随孩子父母到孩
　子丢失地点仔细寻找，另一组跟随凌峰到市区其他地方扩大
　范围寻找。

镜头 131	时间	夜	场景	大街小巷	人物	凌峰、警察、徐某、拐卖丹丹的妇女等

△凌峰和队员们搜寻到大门洞附近路段时，发现有一名妇女抱
　着一个男孩，孩子哇哇大哭，妇女也不理会。更奇怪的是，
　晚上很冷，孩子戴着口罩，竟然还穿着单薄的衬衫，没有外
　套。凌峰立马觉得有猫腻，上前拦住妇女询问。

凌　峰：你好，警察，请出示身份证或者户口
　　　　本，我们正在巡逻清查，请配合我们的
　　　　工作。

△妇女假装很配合地缓慢地拿出包里的身份证。凌峰质问她，
　和孩子是什么关系，为何孩子哭泣想要挣脱她。

妇　女：这是我的孩子，刚才打骂他几句，便号
　　　　啕大哭起来……

△凌峰拿下孩子的口罩，拿出徐某给的孩子照片进行核实，确认无误，二话不说便将妇女铐了起来。

△妇女还想辩解。凌峰拿出照片，在她面前晃了晃，妇女无从辩解，只能乖乖坐上警车，接受审问。

镜头	132	时间	日	场景	派出所	人物	凌峰、沈局长、张振夫妻等

△次日，凌峰正在向领导汇报。

凌　峰：领导，根据昨晚抓住犯人的口供，我市好几起重大的拐卖儿童事件，都是该名妇女和其他两名同伙一手策划。我们连夜已经将其一网打尽，抓住了其全部成员。

沈局长（看着报告）：凌峰啊，打拐的事情一直是你负责，这次的行动做得非常踏实。自从咱们警局成立打拐专项组以来，你们那些寻找失踪儿童的方式、方法有很大效果啊，"警民互动、全民参与"的理念深入人心呀。凌峰同志啊，为人民服务，你们辛苦了！

凌　峰：领导，这是我们职责所在嘛，不辛苦。这些是有关的文件，我已经整理好，您过目后麻烦签一下字吧。

沈局长：好，你先把文件放在这里吧。那些被犯罪团伙拐卖的儿童都已经有线索了吗？

凌　峰：根据犯人口供，大部分被拐卖儿童的拐卖地点已经知道了，并且已经联络了当地派出所出警寻找被拐儿童，也已经联系被拐儿童的家长。但有几个因为儿童被拐时间太长，犯人说忘记拐卖地点了，我们还会继续跟进的，案件一天不攻破，我们就一天不放弃侦查，我们争取把被拐儿童全部寻回。

沈局长：做得不错！你们组辛苦了。除了打击卖方市场之外啊，也要加大对买方市场的处罚力度啊，买方市场不斩断，卖方市场就难以杜绝啊。

凌　峰：领导您说的对，我们会全力以赴的！

沈局长：好！文件我看过后，我让秘书拿给你，你先去忙吧。

△凌峰走出局长办公室，同事走过来对他说。

同　事：阿峰啊，我通知了张丹丹的父母，他们已经到了，在你办公室等你呢，快点去吧。

△凌峰走到办公室门口，想要推门进去，但又搓了搓手，原地
想了一会，才推门进去。

△看见凌峰进来，张振和小娟迅速起身，还没等凌峰坐下，小
娟就凑上前问道。

　小　娟：凌队长，我们看新闻报道，咱们市拐卖
　　　　　儿童的犯人已经抓住了，那我家丹丹有
　　　　　下落吗？

△凌峰不敢直视两口子的眼睛，他们期待的目光像一把刀刺向
了他的心。

　凌　峰（咳嗽了一声）：丹丹妈妈爸爸你们别那
　　　　　么激动，先坐下咱们慢慢说。因为丹丹
　　　　　是7年前被拐卖的孩子，时间久，犯人说
　　　　　有点想不起具体卖掉的地点，我们还会
　　　　　继续追查这件事情，你们放心，我一定
　　　　　会给你们个交代。

　小　娟：让我去见见那个该死的女人吧，我永远
　　　　　都忘不了她，她就算化作灰我也能认出
　　　　　她来。我要问问她，为什么这么狠心，
　　　　　夺走我的孩子啊。

　凌　峰：丹丹妈妈，您冷静一下啊，千万不要太
　　　　　过悲伤，这人已经抓住了，你放心，丹
　　　　　丹一定会回来的。

镜头	133	时间	夜	场景	冯老四的家中	人物	冯老四夫妇、丹丹、壮壮

△冯老四一家人正准备吃饭，张绣花从厨房一边用围裙擦着手一边向屋里喊着。

      张绣花：都赶紧出来吃饭了。啥活儿帮不上，吃饭还得人叫吗？

△壮壮听见声音，从屋里奔跑出来。

      壮　　壮：吃饭啦，吃饭啦。

△壮壮一屁股坐在餐凳上，看见桌子上的菜饭，大声喊道。

      壮　　壮：能不能行了，怎么又是这几样菜啊，这种猪食我可吃不下，我要吃香肠和罐头肉。

      张绣花：吃什么香肠，我看你像香肠。有饭不吃是不是平时给你好脸色了，爱吃不吃。你以为咱家是开超市的吗？一天天净不干人事。

△这时，冯老四从里屋拿了瓶酒走了出来。

冯老四：吵什么吵啊！什么开超市的，咱家就是开超市的，壮壮去，上你王大爷家超市随便拿！

张绣花：你是不是疯了，给你狂的，不教孩子好，白吃白喝的事咱不干。壮壮你要敢去，看我不打断你的腿。冯老四，你拿酒干什么，大晚上又喝酒，明天你干不干活了。

冯老四：今天必须要喝酒，必须庆祝！去，花花，你去厨房多炒一个肉菜，一会陪爸爸妈妈喝点。

△丹丹赶紧起身走去厨房。
△张绣花一头雾水，她惊讶地看看冯老四。

张绣花：你今天怎么了？什么好事啊？看你今天一直笑眯眯的。

冯老四：花花的亲事我给定下来了，惊喜吧！

张绣花：什么？什么就定下来了，你压根没和我商量啊！

冯老四：前几天不和你说了吗？我说这事我全都承包了，你也没反对啊，现在我给咱家花花找了一门好婚事，你还在这和我吼。

张绣花：我以为你开玩笑呢，你找谁了？谁家啊？

冯老四：为什么让壮壮随便去超市拿零食？你还反应不过来啊？

张绣花：超市老王大哥家？

△冯老四笑而不语，用牙把啤酒瓶盖打开。

冯老四：来给我满上，我要好好庆祝一下。

张绣花：老王大哥家人不错，他和嫂子平日里对咱家花花也好，上次花花走丢了，还是他两口子碰上了，把花花送回来的。他家大锤这孩子也挺好，平日里对街坊邻居也客客气气的。要说咱家花花嫁去他家，我还真不担心。但你说咱家花花能答应吗？咱们完全没和她商量啊！

冯老四：这事由不得她，给她找了这么好的归宿，她还想咋的，我这爹够负责了吧，还能委屈了她吗？

张绣花：咱得好好和孩子说，她不愿意咱们也不能强求她。

冯老四（冲着张绣花摆了摆手，并摇了几下头）：花花，花花，炒完菜了嘛？

210

丹　丹：马上就好了，您再等一下。

△过了几分钟，丹丹从厨房端着菜出来。

冯老四：花花啊，快坐下吧，爸爸有事和你说。

△丹丹不敢直视他的眼睛，她的心中有不祥的预感，缓慢地坐
　下来。

张绣花：咱们边吃边说，来，花儿，吃点肉。

冯老四：花啊，你是个大人了，咱们村里啊，像
　　　　你这个岁数的姑娘都差不多出嫁了，再
　　　　大一些都能当妈妈哩。你有没有什么想
　　　　法啊？

丹　丹：我还不着急呢。

冯老四：花花啊，我说的话你听不懂吗？我的意
　　　　思是，我已经给你找到好的婆家了，你
　　　　看我和你妈妈对你多好。隔壁超市家的
　　　　儿子王大锤，你从小就和他一起玩吧，
　　　　你俩多合适啊，你觉得怎么样啊？

丹　丹：我不想嫁人！

冯老四：你不想也得嫁，反了你了，这家我说了
　　　　算！从明天起，你就准备出嫁的事情，
　　　　不用出去干活了。

△丹丹不敢反抗，她知道自从被卖到这村庄来，她的命运便不能自己把握，只能任人宰割。眼前的这个家，对于她来讲便是深渊，这么多年，自己受了多少苦，只有她自己知道。她想过反抗，但这个家像一个蜘蛛网，把她紧紧捆住，不能动弹。她已经无力反抗，只能默默答应。

镜头	134	时间	夜	场景	张振家里	人物	张振夫妇、凌峰

△张振和小娟收摊回来，像往常一样，小娟在厨房做饭，张振在一旁打下手。小娟一边洗菜，不知不觉眼泪就流下来。

小　娟：老公，你说咱家丹丹吃饭了吗？咱家丹丹过得好不好啊？她想没想我们啊？你说丹丹还能回来吗？七年了，丹丹还能认识我们吗？丹丹啊，快回来吧，爸爸妈妈真的好想你啊，妈妈给你做了你最喜欢的菜，爸爸每周末还带你去游乐园玩，快点回家好吗？丹丹啊……

张　振：小娟啊！你别这样，这么哭身体可受不了，功夫不负有心人，只要我们不放弃，丹丹一定能回来啊！

△小娟泣不成声，哭得蹲下来蜷缩着身子。

△这时，张振听见了敲门声。他扶起小娟，往外走去开门。张
　振边走边擦拭着眼角的泪水，一开门，看到是凌峰。

　　张　振：凌队长，您怎么来了？

△张振往后退了一步，他有点不知所措，也许是很怕听到不好
　的消息。小娟听到是凌峰，马上从厨房跑出来。

　　凌　峰：怎么啦？这么惊讶啊！不欢迎我呀？
　　张　振：怎么会啊？我们俩口子都盼着您来呢！
　　　　　　热烈欢迎！您快请进。
　　凌　峰：我是来告诉你们好消息的！丹丹有下落
　　　　　　啦！
　　小　娟：真的吗？凌队长这是真的吗？七年了，
　　　　　　我的丹丹终于要回家了！

△小娟忍不住地哭起来。

　　凌　峰：丹丹爸爸妈妈，这是真的，我们已经知
　　　　　　道了丹丹被拐卖的地点，也已经联系了
　　　　　　当地的派出所，他们明天就会去核实情
　　　　　　况，如果情况属实，他们会带丹丹回来
　　　　　　的。

△张振扑通一声，跪在凌峰面前，小娟已经泣不成声。

张　振：凌队长谢谢你啊！你是我家的大恩人
　　　　啊！谢谢您！谢谢您！

凌　峰：丹丹爸爸您别这样，这是我们应该做
　　　　的，这是我的职责所在啊！您放心，我
　　　　会亲手把丹丹送回来！

△张振和妻子已经直不起身，感觉美好生活又回来了，他们想
　表达但又什么都说不出口，他们等了这么多年，终于圆梦
　了，他们的女儿要回来了。两人紧紧握住凌峰的手，一直在
　说谢谢……

镜头	135	时间	日	场景	冯老四的家中	人物	张绣花、丹丹

△丹丹已经好几天不出门，她整个人精神涣散，像没了魂一
　样，说的话不超过三句。她坐在炕上，张绣花坐在她身边，
　缝补着一件红嫁衣。

张绣花：花儿啊，你看这件嫁衣是妈妈结婚的时
　　　　候穿的，那时候就想啊，等我有了女儿
　　　　我就把这件衣服拿给她，让她美美地出
　　　　嫁。妈妈知道这件衣服已经旧了，但是

这是我的心愿，你会同意吗？

△丹丹眼神涣散，好像傻了似的点了点头。

△张绣花抱住丹丹，抚摸着她的头。

> **张绣花：**花花啊，妈妈知道你并不想离开家，但哪有女孩子不嫁人啊，妈妈像你这个岁数早就嫁到这个家里了呀。大锤一家人挺实在，你们也真是有缘分，你算是下半生有依靠了。

△丹丹呆呆地望着天花板，一声不吭。对她来说，一切都好像无所谓了，嫁什么样的人，未来的生活是什么样，她不曾去渴望，也从未渴望过。只记得梦中，妈妈带着她买了新衣服；爸爸收摊之后，给她买了她喜欢的棒棒糖；学校里，她和小朋友一起玩耍的情景，这一切都是那么遥远，那么朦胧，她多希望这就是个梦吧，永远不醒来……

镜头 136	时间	日	场景	超市	人物	冯老四、王亮

△冯老四穿着大拖鞋，邋里邋遢地走进超市。

> **冯老四：**我说亲家啊。

王　亮：老四你来了，今天怎么有空来啊。

冯老四：哟，前几天急着和我定亲事的时候不是
　　　　这副面孔啊！怎么的，我女儿都要过门
　　　　了，你还在这装傻啊？

王　亮：什么装傻啊？老四啊，有啥话直说吧。

冯老四：咱们这亲事也定下来日子了，咱们这之
　　　　前的约定你可别耍赖啊！我可得看到现
　　　　钱。

王　亮：你就知道钱、钱、钱的，要不是看着花
　　　　花这孩子好，我儿子就中意她了，你以
　　　　为谁愿意和你做亲家啊，你把花花当你
　　　　女儿吗？

冯老四：她本来也是我买的，我就当她是个东
　　　　西，卖给你。

王　亮：你说这话丧不丧良心啊，花花在你家就没
　　　　享过福，天天给你家当牛做马，结果你拿
　　　　她当东西一样卖掉，你真不是人啊！

冯老四：亲家，你不能理解我，我可不想和你
　　　　吵，我就是来拿钱的。

△冯老四身子倚着柜台，晃着腿，用牙签抠着牙缝。

王　亮：看你那吊儿郎当的样子啊！行，你等
　　　　着，我明天把钱给你拿去。

△冯老四一听钱，啪一下吐出牙签。

冯老四：行！不用你来，明儿我来取！

△说着便笑哈哈地从超市走出。

镜头	137	时间	日	场景	县里派出所	人物	警察

警察一：昨天上面打电话通知说让我们去咱县某
村查有没有叫张丹丹的被拐儿童，今天
你陪我去一趟吧，上面对这事很重视，
咱们不能疏忽了呀。

警察二：行，某村还有被拐儿童呢？得去看看，
我也真是痛恨这帮拐骗儿童的骗子。

镜头	138	时间	日	场景	某村村委会	人物	警察、村主任

警察一：负责人是谁啊？

村主任：是我，我就是村主任。什么风把您二位
吹来了，有什么事打个电话就行了，还
用得着亲自跑一趟啊。

警察二：别在那废话了好吗？我问你们村有没有没有登户口的未成年人？

△村主任眨巴眨巴眼睛，心里好像有谱了似的。

村主任：没有啊？我们村管理得这么规范怎么可能呢？

警察一：别藏着掖着了，你"中奖"了。现在上面正在大力打击，整治拐卖儿童犯罪，你不知道吗？你赶紧说吧，别让我们哥俩白来一趟，领不回去人，我们可不能让你也安生了，速战速决，快点。

村主任（满头冷汗）：警察同志啊，我可不是包庇啊，你们得有点提示啊，不然我真想不起来啊。

警察一：有没有个叫张丹丹的小姑娘？

村主任：没有叫这个名字的女孩啊。

警察二：我这有照片，你看看认不认识这个小姑娘。

△村主任拿过照片，推了推眼镜。

村主任：这不是冯老四家的花花吗？怎么……

警察一：别磨叽了，有这个人那就成了，赶紧带我们过去。

村主任：可是她家花花今天结婚，正在村里大办

酒席呢。

警察一二（异口同声）：什么？快带我们过去！

镜头	139	时间	日	场景	超市门口	人物	村主任、村民、警察、冯老四一家人、王亮一家人等

△超市门口全都摆满了桌椅，村民坐得满满的，把本来就很狭

窄的村路堵得水泄不通。警察和村主任从远处就能看见超市

门口贴着大大的喜字，听见吹吹打打的伴奏声。

主持人：现在王大锤和冯花花的婚礼正式开始！

△就在这时，警车停在超市门口，警察和村主任从车上下来。
△村民看见警车，都很惊恐不知道发生什么事。

村　民：警察来了，警察来了哩！

△冯老四和王亮赶紧从前面跑过来。

冯老四：村主任，发生什么事情了？咋了，您和

两位警察来给我祝贺啊？

村主任：祝贺你个头啊！赶紧把花花叫来。

219

冯老四：咋，你们还想抢亲啊？我是她爹，我不
　　　　允许！

警察一（拉开站在前面的村主任）：你是张丹丹
　　　　的父亲？

冯老四：谁是张丹丹？我不认识她！

警察一：别在这给我装疯卖傻的，你有什么资格
　　　　做人家的父亲！你这是犯罪明白吗？

张绣花（冲上来）：警察同志，俺一直把花花当
　　　　成俺的亲生女儿啊，俺做错什么了呀？

警察一（对警察二）：这帮人法律意识基本为
　　　　零，把他们都带回去。

△警察二推着冯老四和张绣花进警车。

冯老四（大声喊道）：凭什么抓我们？我们犯什
　　　　么罪了？

警察一（走向花花）：你就是张丹丹吧？

丹　丹：这么多年了，我以为不会有人再这样叫我
　　　　了……警察叔叔，我真的可以回家了吗？

△丹丹眼圈里含着眼泪，露出一丝笑容。

警察一：走吧，可怜的孩子，咱们回家吧！

尾　声

镜头	140	时间	日	场景	警车里	人物	丹丹

△丹丹坐在车里，用布满冻疮的小手把车窗摇下来。外面的天那样的蓝，风吹过她的脸颊，她闭上眼睛感到从未有过的轻松。她睁开眼睛，望了望外面的小河，那一条条泥泞崎岖的山路，她的脑子里回忆起的都是这些年受苦的情景。她不想再去回忆了，眼泪顺着脸颊不自觉地流下来，她擦干眼泪，微微一笑，她知道一切都过去了，她终于要回家了，终于又做回张丹丹了，可以再去抱抱自己的爸爸妈妈了。

镜头	141	时间	日	场景	警局	人物	丹丹、凌峰、警局同事

△经历了几个小时的奔波，丹丹终于回到了城里。

△凌峰早已在办公室等待她，看到丹丹从车上下来的那一刻，他的心中终于放下一块重石。

△凌峰走到丹丹身边。

凌　峰：你就是张丹丹吧？我是负责你案件的凌峰。终于把你找回来了！你别着急，你

221

先在警局填一下资料，做好笔录之后，我带你去你爸妈的店里见他们。你知道吗？为了找寻你，你的爸爸妈妈从未放弃过，他们一直在等你回家！我们一直在等你回家……

△丹丹泣不成声，跪下大声说道。

丹　丹：谢谢您！叔叔您是我们一家的恩人！谢谢您救了我！

△凌峰赶紧扶起丹丹，周围的警局同事看到这一幕都感动地落下眼泪。这回家的路太过崎岖，整整的七年，为了丹丹回家，警民互动，全民参与，多少人为之努力，从未放弃！

镜头	142	时间	日	场景	张振家熟食店门前街道	人物	丹丹、张振夫妻、警察、邻居等

△在熟食店门前的街道上，邻居们主动挂上了一道横幅，上面印着"欢迎宝贝丹丹回家"的词语。

△张振、小娟站在摊位口等待着女儿的归来，两人紧张地互相拉着手。很多的知情人、邻居、幼儿园的吴老师以及部分接收过爱心卡片的群众站满街道。一辆警车由远而至，从警车上走下来了凌峰和丹丹。

△张振夫妇见到丹丹跟着凌峰走了过来，夫妻俩一下子冲上前
　去，紧紧地抱住丹丹，喜极而泣。

小　娟：丹丹，这些年你去哪儿了？你不知道妈
　　　　妈多想你吗？你终于回家啦！妈妈爸爸
　　　　终于等到你了！

△在场的所有人都被感动了，所有的人都留下了泪水。
△警察和群众将三人围在中间，大家也都含着眼泪祝贺着张振
　夫妇。

张振（拉着凌峰的手）：谢谢、谢谢……

△镜头在对话里，一直延伸到远方，风景一直逝去……

△字幕：亲爱的宝贝儿，你终于回家了……